邓如如 / 主编

湖南当代诗歌地理

挥毫当得江山助，不到潇湘岂有诗？

北方文艺出版社

图书在版编目(CIP)数据

湖南当代诗歌地理 / 邓如如主编. —— 哈尔滨：北方文艺出版社，2025.1
 ISBN 978-7-5317-5949-2

Ⅰ.①湖… Ⅱ.①邓… Ⅲ.①诗集–中国–当代 Ⅳ.①I227

中国国家版本馆 CIP 数据核字(2023)第 097088 号

湖南当代诗歌地理
HUNAN DANGDAI SHIGE DILI

作　者 / 邓如如
责任编辑 / 张贺然　　　　　　　装帧设计 / 云上雅集

出版发行 / 北方文艺出版社　　　邮　编 / 150008
发行电话 / (0451)86825533　　　经　销 / 新华书店
地　址 / 哈尔滨市南岗区宣庆小区1号楼　网　址 / www.bfwy.com

印　刷 / 长沙市精宏印务有限公司　开　本 / 710mm×1000mm　1/16
字　数 / 210千　　　　　　　　印　张 / 21
版　次 / 2025年1月 第1版　　　印　次 / 2025年1月 第1次印刷
书　号 / ISBN 978-7-5317-5949-2　定　价 / 98.00元

诗在湖湘
——《湖南当代诗歌地理》序
欧阳白

挥毫当得江山助，不到潇湘岂有诗？

历时近三年，邓如如主编的《湖南当代诗歌地理》就要面世了。这是一项了不起的工程，虽然说湖南省诗歌学会给予了重要支持，各地的组稿人做了大量的基础性工作，昕孺和我又做了一些编辑和校对的工作，但主要的工作无疑都压在邓如如身上。她不辞辛劳，找出版机构，找印刷单位，还要筹集资金，对于并不富裕的她来说，困难可想而知。但她似乎并不在乎，在我的印象中，从一开始要主编这样一本巨著的时候，她就带着一种使命感在行动，所以，她一提出这个计划，我们就立马表示支持。

我想，使命感——这种时代的稀缺品，是促成这本巨著能够完成的主要因素。

湖南人在全国诗坛处于一个什么样的位置？比较普遍的回答是，湖南是一个诗歌大省，正在迈向诗歌强省。说其大，那是因为湖南诗人特别多，仅湖南省诗歌学会会员就有一千五百人之众。而且，湖南诗人创作的诗歌数量很大，每年发表的诗歌多，出版的诗集多，在国内外获奖的诗人多，参加各种重要诗歌活动的人也非常多。省外很多诗人比较羡慕的一点，就是湖南诗人有组织，在湖南当诗人似乎还挺受尊重。省外的诗人经常会说，又看到一位湖南没有出名的诗人，诗却写得特别棒。将湖南定义为诗歌大省，应该说没有任何人有意见。其实，在我心里，湖南诗人创作出的诗歌品质是很高的。

自信地说，现在湖南优秀诗人的作品与大多数获奖诗人的

I

作品不差分毫。

湖南文脉很盛。要说诗歌的源头，有着"蓝墨水的上游"之誉的汨罗江无疑是最壮丽的一条。诗歌两大源头——《诗经》和楚辞，湖南是楚辞的重镇。先秦诗歌在北方文化中产生了《诗经》，在南方文化中孕育了楚辞。楚辞发展了诗歌的形式，吸收了神话的浪漫主义精神，开辟了中国文学浪漫主义的创作之路，在中国文学史具有特殊的意义。屈原的《离骚》是楚辞杰出的代表作。"楚辞"因此又名"骚"，相对于《诗经》，《离骚》在形式上另有其特点。《诗经》整齐划一，而《离骚》则是一种新鲜、生动、自由、长短不一的新诗体。《九歌》《九章》等楚辞中重要的作品，都体现了楚辞诗歌样式自由且富于变化的特点。楚辞表现出更为浪漫的精神气质，情感热烈奔放，对理想的追求、对独立人格的推崇，鼓舞感召了后人无数。《离骚》的精神，是湖湘文化的重要源头，现在大家常说的"湖南人身无半文心忧天下"就源于此。湖南人打硬仗、拔硬寨的霸蛮气质与此有关，湖南人悲天悯人、半人半巫的性格特征也与此关系密切。

这一路下来直至毛泽东、田汉等人的诗、词莫不享誉全国，离我们不远的老诗人，像彭燕郊、洛夫等人堪称诗坛泰斗级的人物，特别是一代诗魔洛夫，有着世界级的影响，因缘际会，与诺贝尔文学奖也只是擦肩而过，但其作品的水准与其对诗歌的贡献是巨大的。像英年早逝的昌耀，要是放在今日，绝对是超一流的人物；朦胧诗时期的张枣也在那个年代写出了别具一格的名作。女诗人中，早些年去世的唐兴玲在诗歌上有着很高的造诣。

当下的湖南诗人中，笔者并不宽裕的目力所及具有全国影响力的有数十位之多，像谭仲池、彭国梁、海上等老诗人，像诗歌学会的领军人物梁尔源、罗鹿鸣，像当年红极一时的新乡土诗派以及后来的新湘语、诗屋"好诗主义"、"桃花源诗群"等有着别具一格诗歌主张的诗歌流派中的众多湖南籍诗人，像在一个时段以某种写作题材或风格产生很大影响的曾德旷、谭克修、李青松、杨舒翼，像优秀诗人陈惠芳、聂沛、吴昕孺、刘起伦、远人、聂茂、韦白、刘年、梦天岚、金迪、杨林、胡丘陵、李不嫁、草树、解、吴投文、廖志理、程一身、鸥飞廉、易彬、易安、路云、陈群洲、陈新文、蒋三立、黄爱平、龙红年、向未、仲彦、李冈、胡建文、李志高、梁书正等，像不生活在湖南的湖南籍诗人李少君、肖水、吕叶、周瑟瑟、蒋志武、李晃、太阿、阿鲁、倮倮、舒丹丹等。还有，湖南实力诗人中的女性群体也蔚为大观，像张战、谈雅丽、海燕、玉珍、谢小青、邓如如、胡雅婷、康雪、唐益红、邓朝晖、卜寸丹、李田田、熊芳、梅苔儿、柴棚、青篦、拾柴、贺予飞、刘卫、文西等，或参加了青春诗会，或在全国比赛获得奖项，或在国内的重要刊物发表诗作。当年湖南籍和在湖南的80后的男诗人群体也有着不凡的诗歌文本，他们中的白木、田家、刘定光、殷明、张怀勋、枕戈、袁炼、余毒、黄王珏觉、多马、罗松明、汤文培、褚平川等在全国都有一定的影响。当然，这只是就笔者个人所知而言，就诗歌品质而言，湖南还有更多的诗人也毫不逊色，也许还有更多的比如许平亚、江涛、姚茂椿等"默默者存"的诗人在潜心创作，他们或许不鸣不飞、一飞冲天。有的诗人则是因为在文学其他领域的光芒太过耀眼，他们不错的诗歌成就反而被自己遮蔽，比如著名作家王跃文、携佳作《电影院》进入这本诗歌地理的著名作家马笑泉。这次结集出版的《湖南当代诗歌地理》，就是对湖南诗坛的一次检阅。不得不说，这次检阅也只是就某一时间段而言，也只是就目前发现的诗人而言。

就此次结集的诗歌而言，湖南诗歌给人的印象还是百花齐放、百家争鸣的格局，要想纯从地域文化的角度对湖南诗歌进行整体的命名是不可能的。或许域外之人会感觉得更显著一些，或许在此段时间之外的人会感觉得更显著一些，我们所创造的，应该留给历史去评价。湖南诗人坚实地走下去，相信会有一个上佳的命名。只是，作为当代诗人，一个在场者，面对同仁和来者，总是要说出自己的看法，提供原始的素材。我们共同面对的时空，是我们的诗歌共同触摸和感应的，我们的看法或许不客观，但真实。所以，笔者仍将不揣浅陋，试图以这个选本为基本素材，给湖南诗人的作品画画像。

乡土诗、新乡土诗与后乡土诗写作。乡土诗是中国的传统诗写方式。在古代文人士大夫的写作中，这种题材非常普遍，古代城乡之别很小，做官的、经商的有了钱，最后还是买地建房，生活在农村，但奋斗过程中，还是要背井离乡的。于是，对故乡的思念，就经常出现在诗中，在官场待久了，对于官场的种种不如意事腻了，就开始怀念故乡，怀念清静安宁悠闲的农村生活，诗中就开始摹状起故园情状。在革命文学和朦胧诗之后，中国出现了新乡土诗写作，这种写作让文学从口号中出来又扎进迷官的诗歌写作回到了正轨，功不可没。而新乡土诗派就是从湖南发起并风行天下的，代表人物是陈惠芳、江堤、彭国梁，号称"三驾马车"，其中江堤英年早逝，陈惠芳、吴昕孺、胡述斌等还在写作，陈惠芳还和一众人马重新发动乡土诗写作的风潮。虽然由于当下的阅读兴趣已经大异当年，但这种诗学理想未尝就真正过时了。公平地说，湖南诗人的写作大多受到了乡土诗写作、新乡土诗写作的影响，这也与湖南一直盛兴农业文明，是传统的农业省份有着直接的关系。不管声称什么样的写作，对于故乡，对于农村，诗人都会给出自己的诗性命名和答案。谭克修以及我和吴昕孺分别提出过地方主义和好诗主义写作向度，但我们的作品中关于这类题材的也不少。这本合集中第一位出场的诗人就是陈惠芳，虽然这次结集是以地域和诗人姓名首字的英文字母来排序的，但他第一个出场似乎暗合了他坚持乡土诗写作的大众基础广泛性和力倡新乡土写作给予他的应有尊重。这次他的两首诗，《铁杉》《一蔸白菜在刀锋下说》依旧坚持了他的美学向度，但很明显，他的写作已经明显改变，有了后现代主义的味道。"要不要喊一只翠鸟，与你陪读/满山的青苔早铺好床，你就是不肯躺下"，这是第一首诗的结尾，从这个结尾和第二首诗的标题，可以看出他细微的审美变化，笔者称之为乡土诗写作，其实这也是新乡土诗今后发展的康庄大道。谭仲池的《树中塔影》《大山之夜》依然保持着他一贯的纯美风格，但纯美的情景中有思辨，"我也想奔跑在这条路上/去寻找大雁的故乡",体现了物我合一的哲学意味,也暗喻着诗人一直在寻找故乡的千年使命。宋北丽的《芦花白》隽永而又略带苍茫,美丽而又略带感伤,"鱼的咳嗽/震落了锁骨上一段落霞",笔法令人赞叹。叶菊如在洞庭湖《湖边望》瞭望,发现了自己的洪荒之力,可以将浪头一个一个地"卸下",这真是古人的乡土诗没有的境界。李巧文的《小雪》有传统的柔和美,也有数学名词给出的理性递进,最后还有时空的杂糅和跨越,暗示了对人世和人生的复杂况味。胡雅婷的《说道记》和《脚》分别从乡土出发,不时再往密林深处思考人生和坚实踏入现实体会疼痛的对故乡的双向致敬和回眸。李田田保留着质朴与纯真,也慢慢开始了告别"小辫子",从孩子去看寨子的诗意历程,但她的自然和真实依然得到可贵的保持。衡阳诗歌群体一直展示着非常整齐和厚重的特色。除了前文提到的诗人之外,像吕宗林、郭密林、陈群洲、罗诗斌、冷燕虎都非常具有实力,这次他们有部分人没有加入这个合集。总体说来,他们的诗歌呈现了一定的地域写作特色和个人经验的糅合,诗的质感比较强。

哲理诗与后哲理诗向度,神性写作与人性写作。很多人不知道,湖南有人办过哲理诗刊——1989年,李青松创办和主编了《哲理诗刊》,当然后来他创办和主编了《新诗界》,有很大的影响。再后来,他开始住到山上,参禅打坐,过上了一段隐者的生活。时至今日,他的诗歌仍旧行走在哲理诗和神性写作的大方向上。因为这次只选了在湖南境内生活的诗人,所以这位住在深圳弘法寺的世外高人并没有入列,但在湖南诗人的作品中,哲理诗是普遍的存在,而且随着美学观念的冲撞和融合,哲理诗已经变体,更多地与情感抒发、个人幽秘的情愫、人性结合起来,理性的骨感和情感的丰满合二为一。哲理诗融入宗教情感以后就变成了泛意义的神性写作,这种并不严格界定范围的写作更为普遍,仅这次所选作品,符合这种意味的就不少。陈新文的诗既有哲理的观照,也有神性的光辉,他是在融传统文化和现代文学为一体上非常成功和成熟的写作者之一。路云的诗极富哲理,他将哲理具化为意象,在意象和词语经常有出人意料的组合，带给人新鲜的艺术感受和神秘色彩。廖志理的诗糅合了后乡土写作与哲理诗写作的精髓，诗歌具有绝句的风格，老辣而坚实，有着金属般的质地。黄明祥的两首诗，都带有比较明显的思辨色彩，情感与语感均若即若离，恰到妙处："我备有礼金，不是来参加宴/只是在人群中寻找一些浪花/我种养的一些浪花/已下落不明。"李虹辉的《青花瓷坛》奇妙地处理了理性和感性的平衡，青花瓷坛的水声与虚空既具象又抽象，活脱脱如在眼前。陈轩的《悖论》和《怀疑论者》在标题上就表明了这段时期的写作意趣，诗也充满着理性和思辨的力量。说到力量，空格键的《一滴水》小中见大，力量巨大，诗中的警句、妙语不断，比如说"方向就是深渊"，很深刻也很绝望。欧阳白云是禅诗写作的践行者，他的诗空灵不着，欲说还休。他的这两首诗中，作为意象的栀子花和对面的熟人，被摘走了或是走了，禅意满满。周敏的《我的腰间晃荡着钥匙》很有哲理，也写出了人生的丰富性。野宾的《另一宇宙》和《看见光和黑一闪一闪》，写出了流浪诗人的风格，更深厚地审察世界和人生，艺术选择上更加注意了维度的广泛性。

　　现实主义写作是相对于浪漫主义写作出现的，现在已经占据了诗坛的主流，所以，很多诗人基于写作的开放性和趣味拓展、陌生化的艺术要求，暗暗地有了些重温浪漫主义的作品。这本《湖南诗歌地理》中几乎没有浪漫主义流派的印痕，对在场、对感同身受、对"我见"与"身见"或者叫"从我出发"的强调成为主体。从笔者个人的观察，罗鹿鸣是湖南诗人中浪漫主义气质比较鲜明的一个，为人如此，写诗也是。他说《我想活得像一朵云》，我非常相信这就是他真实的思想。另外，在湖南基于美学审判的批评家诗人不在少数。谭克修无论是在湖南还是在全国，都可以算得上一位与众不同的诗人，他提出过地方主义写作的艺术主张，但很明显，他写作的现代意味很浓，批判性是他扬名江湖的立身之本。他的《买鱼小记》《爬山小记》依然带有这种趋向，但他似乎也开始了批评之外看待世界更丰富的视角。草树获得过新现实主义诗歌奖，他的《墨线》从日常生活入手，提炼哲理和诗意，悄然间给自己的美学理想赋形。李不嫁在中国最具批判意识的诗人中可以名列前茅，他的特立独行得到了很多同行的认可。在他的诗歌技法里，对现实和历史的批判是主要工具。前文所说的黄明祥一样也是批判写作者，还是一位批评家诗人，他的作品厚重且具有比较鲜明的创作特点。贺双龙的《江山》有着对现实命名给予再命名的后批判意味，是值得肯定的写作企图。江星若的《边塞曲》《题〈麦田里的乌鸦〉》有着既置身其间又抽身物外进行关照的批评家写作风格，没去过的边塞也能给诗人带来愤怒。程一身是北大才子，典型的学者型、批评家型诗人，有着生活和阅读的双重厚度做铺垫，他的《不朽者预感到自身的死亡》从标题就带有明显的诘问、思辨色彩。他在《车过郑州》中突然想到，要"在混乱世界的一角"，"自成中心"。吴投文是著名的诗评家，他的诗歌早期带有明显的现代主义和后现代主义的色调，近期的作品则要明朗和理性得多。他的《壳》在伤感和沉思间保持着可贵的平衡，读来让人心疼，也让人感悟。《黑暗中的词》则从预设的理念出发，给它披上丰茂的情感大衣，给诗歌的大海增添了风景。周碧华有着新闻从业者的敏感和悲天悯人，他的诗歌关切人世，或赞扬或批判，他的系列地震诗曾在全国引起很大反响。

青春期写作、叛逆期写作与老年写作。梁尔源的写作已经成为大家公认的现象，内在的理由是，人生的厚度实在是相较于技巧更为重要的诗歌写作资源。技巧人人可学，但人生的阅历却无法从学习中来，学习可以借鉴他人的人生，却没有亲身经历的真切和独到。梁尔源的写作其实有着初始写作和老年写作的双重特征，写作时间不长，但由于敏锐和勤奋以及前文所说的人生经验，他对于人生的诗意考察比一般人要深刻得多。老诗人海上那一声"给我意义"，让庸碌的我们不寒而栗。人生到了晚年，再问这一句，端的是让人惊醒、反思人生的含义到底为何。冯明德先生的《透过艺术的中缝，窥探》无疑是年轻人无法写出的佳作，有着老辣的用笔和自然主义的价值观。20世纪50年代末出生的邹联安的《一滴泪的隐喻》和《假牙》将词语与现实互相穿透，将风物与风情互相打通，也就打通了诗歌自由抒写的筋脉。玉珍是90后，她从青春印痕中非常自然地走出，这次入选的两首诗或许就是她最近写作风格的写照。一首《寂静的雪》，依然充满着对世界的好奇和对于纯净世界的留恋；一首《夜像海浪般袭来》，就已经变得更沉静和隐忍，她在风景和物照中神交古人，在黑夜发现哲学的光明。陈小玲的诗，女性意识比较浓厚，有点至情至性的味道。她发现，泪流满面的时候，还可以诉说，还有人倾听，是"多么好"的事情。其实，女人喜欢的恋爱大抵就是此类情景，但以此为美，则肯定是带有些许故事和失落的。谈雅丽作为一位相当成熟的写作者，别过青春写作和叛逆写作的挂碍，进入了相对艰难的创作型写作路子。应该说，这是成为大诗人不可逾越的阶段，这一类诗人我们必须钦佩和期待。她在《这一年的地平线》中说："这一年，我以为自己是造物/创造了所有节日，凯旋，所有烈火/所有的树，银河/和新的语言。"同作为常德诗群的女性写作者如唐益红、高玲、邓朝晖，还有像幽林石子、凌小妃、晓笛女性写作者都写作经年，有着非常好的文本。她们的作品带着女性写作的柔美和知识女性的理性色彩。贺予飞的《穿石坡湖》有着青春既在又有主观脱离的意趣在内，少年之愁与人生经历中的愁绪浑然整合在一起，写出了她那个年龄段对于生活的独到体会。青篦的诗从早期的灵感写作逐渐进入有思考主题的主动写作，诗的主题更加开阔。当然，她们或许有一天会慢慢变成自己想要的那样，也许可能会变成张战一样的诗人。作为女诗人，张战出名很早但很多湖南诗人都不知道有一个参加过青春诗会的她。当她回到大家的视野，却发现她虽然早就进入成熟期的写作，但依然保持着单纯、质朴、美好的审美情趣，有点类似于彭燕郊先生的风格，但也不乏作为成熟诗人的分析型作品，比如这次入选的《买》和《你睡着了没有》。

好诗主义与不好好说话、本分写作。这本书的主要编辑者，都是认可好诗主义作为一种写作态度的诗人。我和昕孺是首倡者，本书的主编邓如如是鼎力相助者，杨舒翼是《诗屋》论坛的早期管理成员。《诗屋》的原始成员虽然遍布全国，但在湖南大本营人数也非常多，像解、刘卫、晓笛、刘定光、白木、马迟迟、周过、袁炼、田家都赞成这一非流派的诗人集合，他们与湖南大多数诗人一样，也多次入选《诗屋》年度选本。对于什么是好诗，其实每个人都有不同的理解，《中国风诗刊》的主编黎凛将好诗主义进一步发挥为诗美主义，当然实质内容还是与大家一致的，只是更加注重从美学上谈论艺术。而好诗主义似乎有些艺术伦理学或诗伦理学的味道，其实草树时有谈到的诗性正义大概也可以归入进来。应该说好诗主义主要提供的是一种正确的写作态度，在此基础上对于艺术规则则非常开放，简单地说还是讲究作为一个诗人人格的真与善（也会反映到作品），作品的美，艺术上追求创新和感动，从这次收入的作品中可以发现这一写作向度的普遍存在。邓如如的《声音》和《瓷的碰撞》有着静美与建筑上细致的考究，黎凛的《孤独》直面人生的困境，吴昕孺的《一只死了的蚂蚁》《电线上的麻雀》从一般人所容易忽略处入手，给我们呈现独到的人生经验。梦天岚的《秋天的下午》带有文化思辨的味道，有着文化之上再文化的艺术加工。还有王丽容的《荷花茶》，杨孟军的《新雪》，李定新的《栗树凸上》，庄庄的《清晨之诗》，解的《一些词语一些句子》《后面》，聂开啦的《你不在天涯》，柴棚的《恋上某个小镇》，彭倩倩的《两件事》，海叶的《寂静之地》，陈颉的《天门山》，等等，保持着写作的真诚和艺术上跋涉的姿态，以及不断拓宽艺术疆土的韧性。此外，还有很多没有点出名字的湖南诗人都是诗屋的常客，有的是主将和中坚力量，这些作品都能体现出一种人性之美，一种对于艺术的探险，更有部分诗人已经开始了新的美学观的疆域拓展。写诗要好好写，但不是平常意义的好好说话，写诗有时候就是不好好说话，超出常理别出心裁地表达。本分是做人的原则，而艺术则要破茧而出，决不能画地为牢。胡建文的《风，冷冷地吹着》《黑暗覆盖了夜》有人世的沧桑，更有对于生活细察后的惊喜。

  这是笔者粗略阅读完《湖南当代诗歌地理》后的一些直白感受，笔者的视角是有限度的，囿于诗学观点，点评不一定准确和到位，换另外一个诗人、诗评家来写，可能会出现颠覆性的变化也未可知。需要说明的是，文中各位诗人的排序纯是偶然的，笔者是按照编选者的顺序多次梳理下来的，并无其他意义。所幸的是，我们有这样一个厚重的文本，它可以作为对于当下湖南诗歌研究的基础，文集中没有收入的诗人也在不同的地方展示着自己的非凡才华，相信他们不会被时间和研究者永远忽略。

加油，湖南诗坛！

目录
contents

◉ 长沙市 ◉

003 陈惠芳　铁杉 / 一蔸白菜在刀锋下说
004 陈新文　三季/秋夜十行
005 陈敏华　母亲
006 草　树　墨线
007 陈志辉　到玉湖公园
008 邓如如　声音/瓷的碰撞/安化之夜与花海
010 贺予飞　穿石坡湖
011 贺双龙　江山
012 洪佑良　森林公园茶吧品茶
013 黄明祥　之所以降临凡间/建筑师
014 黄泥界　立秋
015 何　漂　异乡人
016 胡述斌　江城客
017 胡雅婷　说道记/脚

018 胡剑英　为老屋拍照

019 蒋　乌　梦象

020 江星若　边塞曲/题《麦田里的乌鸦》

021 梁尔源　漂白/暗香

023 罗鹿鸣　我想活得像一朵云/文成公主

024 路　云　冲动/星空

025 李虹辉　青花瓷坛/窗帘

026 李不嫁　鸬鹚/浓雾中上山

027 李利拉　岳州窑旧址

028 李婷婷　醒

029 榔　头　河流/静

030 林乐之　诗人的敏感

031 流　丹　夏天的眼神

032 黎　凛　孤独

033 刘启文　无题两首

034 刘　羊　粗布衣者

035 刘丙坤　采茶颂

036 马笑泉　雨中的红楼/夜宿耕读书院

037 梦天岚　秋天的下午

038 莫　莫　远

039 茉　棉　这只手/像卡佛一样

041 梅苔儿　生日

042 马迟迟　廊中人

043 欧阳白　梨花/七夕词

044 彭国梁　情节无言

045 起　伦　正午/找回失散多年的马匹

047 宋志刚　旷野记/风的事情

048 宋晓明　赛里木湖

049 苏启平　夜里的滇池

050 谭仲池　树中塔影/大山之夜

051 谭克修　买鱼小记/爬山小记
053 汤　凌　春日游园品
054 王丽容　空棉梗/荷花茶
055 吴昕孺　一只死了的蚂蚁/电线上的麻雀
057 王馨梓　街头/买鱼
058 王　琛　假如我有一把钥匙/从墓园归来
059 谢小青　好好爱你，故乡
060 徐汉洲　少年时光
061 杨孟军　新雪/雪
062 易清华　窗外观鸟/一个漫长的冬夜
064 幽林石子　故乡纸上的春秋
065 淹　月　因为冬日就要来临/五月的黄昏
066 余海燕　觉华塔即景
067 易　安　雨一直下到天亮
068 张　战　买/你睡着了吗
070 张吉夫　渡口/窗
071 张一兵　在雾霾中仰望星空/在暮色里找寻自身
072 周伟文　被花救活的人

● 株洲市 ●

075 陈　轩　悖论/怀疑论者
076 寒　君　风暴蝴蝶
077 空格键　枝丫间/一滴水
079 李巧文　小雪/过客
080 秦　华　在天门山的缆车上
081 唐臻科　古街/失眠的街灯
082 田　瑛　有些话，想和大自然说

083 吴晓彬　那些飘起来的事物
084 徐　蓓　仪式/顺其自然
085 玉　珍　寂静的雪/夜像海浪般袭来
086 折　勒　只有感觉/就像一只杯子

◉ 湘潭市 ◉

089 楚　子　镜子
090 陈　哲　山村晨起
091 海　上　额尔齐斯河岸
092 李静民　野渡
093 凌小妃　暗/雨的印记
094 离　若　手/菊
095 彭万里　荒原/看不见的雪
096 彭伟平　草垛
097 谭清红　孤独与自由依然并存
098 吴投文　壳/黑暗中的词
099 王家富　腊洞河，安静地咆哮
100 小　猪　在今夜
101 巷　铃　涟水辞
103 颜　强　水府庙拾贝三题
104 邹联安　一滴泪的隐喻/假牙
105 曾庆仁　病句在诗的皮肤上/展现在远方出现
106 朱立坤　悼词里的故乡
107 走　召　日出
108 周　敏　我的腰间晃荡着钥匙/春江花月夜
109 赵叶惠　童年往事

04

◉ 衡阳市 ◉

113 陈群洲　蒙马特的局部/毗卢之境
114 法卡山　有一种人或鸟
115 郭密林　意外/红颜
116 胡勇平　今年花开
117 李志高　观察一只跌落的蝙蝠
118 李小英　我的灵魂是多年水生的芦苇/悬念
119 冷燕虎　暮色
120 宁　乔　下午/山下灯火连绵
121 宁朝华　中年辞
122 聂　沛　一个人翻山越岭
123 唐军林　都市之梦
124 朱　弦　第十一株月季

◉ 邵阳市 ◉

127 窗　外　底片
128 铎　木　一种假象
129 范朝阳　一小捧
130 郭　薇　你只在我梦境中歌唱
131 黄复兴　留下一枚很美的印章
132 李春龙　煤油灯多么公平/捡月亮
133 林目清　小村
134 迷　子　一个人的空山

135 平溪慧子　旧物/风在林子里忘返
136 素　素　赴一场古村的约定
138 唐陈鹏　黄桑秋行遇雨
139 伍培阳　沉默/寒潮
140 王　唯　看花/狗尾草老了
141 夏启平　蜻蜓
142 袁姣素　沿着秋天
143 于执立　蝉
144 张雪珊　红枫

◉ 岳阳市 ◉

147 彼　铭　夏天的幌子/有很多东西都很柔软
148 成明进　饥饿者/灯自己是伤痕
149 曹利华　暮雨
150 冯六一　羊/喜鹊
151 黄　鹂　落纸烟云
152 江春芳　暮春，小集成垸
153 姜灿辉　生锈的锁
154 李　冈　泥坯
155 吕本怀　疯狂的石头/老人和他的泰迪犬
156 刘　创　楚语
157 李海英　冬日芦苇
158 戚　寞　黄昏记/新墙河颂
159 宋北丽　苇花白
160 拾　柴　酩酊之诗
161 沈祁士　醉美张家界/冬天
162 吴　磊　用黑字缅怀自己

163 谢　谢　君山记/渡口
164 谢　政　一句话
165 熊小英　我与你隔着一张纸的距离
166 许平亚　与一条江比邻而居
167 相思九哥　某时某刻
168 尹开岳　中国结/等等我
169 叶菊如　在岳阳门/湖边望
170 杨孟芳　飞鸟/梅花
171 杨厚均　中洲塔/躲雨
172 朱开见　春天的场景
173 周　栗　路
174 周　知　那天
175 张冰心　午后9点的太阳
176 张社育　麻布山下油菜花

◉ 常德市 ◉

179 陈小玲　你是看不见的/如果悲伤还可以泪流满面地诉说
180 程一身　不朽者预感到自身的死亡/车过郑州
182 蔡志远　伤口
183 邓朝晖　唆拜
184 高　玲　绳索
185 胡　平　死亡
186 罗建国　走过　并未拾起
187 欧阳白云　伸出篱笆外的栀子花/对面的熟人已经走了
188 谈雅丽　这一年的地平线
189 唐益红　我渐渐像麻雀一样
190 谭晓春　逆水行舟

191 向　未　我们像葵花
192 谢晓婷　衣服
193 萧骏琪　结局
194 徐正华　沉默的火星

◉ 张家界市 ◉

197 陈　颉　天门山
198 胡小白　在椿树桠找回……
199 罗　舜　草木人间/候鸟
200 高宏标　我不想让骨头燃烧

◉ 益阳市 ◉

203 卜寸丹　一头麋鹿的意象
204 陈健君　云台山看云
205 陈资滨　辗转难眠/空椅处的空
206 冯明德　透过艺术的中缝，窥探
207 郭　辉　紫鹊界/云台山
208 黄曙辉　浅隐/暮色箫声
209 康　雪　在小桥村
210 李定新　栗树凸上
211 鲁　丹　夜宿茶马古道之高城/水鸟
212 黎梦龙　在白沙河边/一生
213 盛景华　怀念
214 舒　放　2016年7月8日一个防汛的早晨

215 向晓青　表白
216 肖皓夫　喊魂
217 肖正民　烟灰缸里的烟头
218 一　江　一只乌鸦口渴了
219 雨　典　敲门的声音很小、很小/今夜
220 庄　庄　清晨之诗
221 邹岳汉　夕阳下/雪原上的脚印

● 郴州市 ●

225 胡　梦　闪电
226 黄晶晶　心经
227 解　　　一些词语一些句子/后面
228 江维霞　与我无关
229 雷新龙　如梦
230 聂开啦　你不在天涯
231 谭美泉　爬山/映山红
232 谭　莉　星夜
233 吴泽军　矿苗之美
234 谢名健　在三国城闲逛/将进酒
235 谢海俑　火车进入隧洞/支点
236 焉　然　虚掩之门
237 野　宾　另一宇宙/看见光和黑一闪一闪
238 祝枕潄　隐秘/乡里读书人
239 周松万　乡村
240 周文娥　等，或念

◉ 永州市 ◉

243 蒋三立　慕士塔格峰的雪
244 刘朝善　五月茉莉
245 刘忠华　身体里隐藏着一颗石头
246 乐家茂　晃荡
247 乐　虹　需要一场突如其来的雪
248 李文勇　月光
249 盘　子　五十三匹马
250 青　篦　喜鹊
251 倩　理　重生
252 屈甘霖　倒影
253 田　人　蔷薇
254 无　常　那只小鸟儿，爬上了岸/鸟儿
255 周丽玲　无题/我不知道
256 张樱子　在风中温柔

◉ 怀化市 ◉

259 阿　宝　草场上/蓝色只代表蓝色
260 柴　棚　恋上某个小镇
261 范文胜　冷兵器时代
262 贺拥军　樱花蛙鸣/秋日公寓
263 彭倩倩　两件事

264 潘桂林　枯藤/遗失

265 钦丽群　裂瓷

266 唐　娟　广告店转让

267 唐星火　麻雀

268 唐英玮　博爱的目光

269 肖　评　休假之假/浮现

270 肖　准　鱼骨

271 雄　黄　中国南方葡萄沟

272 谢亭亭　后阳冲深处，一片石林

273 杨汉立　我的家乡是一把刀

274 杨仲原　群山志

275 易彪林　王的三千年

276 钟生钦　暗潮/白色的

◉ 娄底市 ◉

279 刺　客　雨夜

280 陈友军　在异乡

281 龚志华　温暖/拟人句

282 胡志英　一切都在记忆里留存或消失

283 海　叶　寂静之地

284 龙红年　冬日的下午

285 柳含烟　醒来/河水

286 廖志理　见维山/瀑布口

287 李小今　凌晨记

288 李一红　渠江源

289 罗　睿　荒漠掠影

290 王　蕾　苹果树

291 湘小妃　这些雪/萤火虫
292 小　布　信
293 夏　雪　回不去了
294 阳红光　晒天阳

◉ 湘西自治州 ◉

297 包夏亮　爱情/影子
298 胡建文　风，冷冷地吹着/黑暗覆盖了夜
299 刘　年　稻草/毒蛇赋
300 李田田　哑孩子/孤独的寨子
301 龙秀银　夏暮徐徐罩下来
302 彭武定　雨
303 石慧琳　覆盖
304 野蔷薇　三月
305 仲　彦　在风中发抖

307 编后语

HUNAN
DANGDAI
SHIGE
DILI

湖南
当代
诗歌
地理
————

长沙市 ◉

铁杉

这么粗的身板
插满了钢针
脾气比石头还倔

沧海桑田
很多的同伴逝去
无影无踪
连高大威猛的恐龙都被抬进博物馆

只有你,还挺立着
像个"讲古佬"
读"四书""五经"
读日落日出
读烂一层一层皮

要不要喊一只翠鸟
与你陪读
满山的青苔早铺好床
你就是不肯躺下

一蔸白菜在刀锋下说

菜刀就像我的手
最后试一试体温
在离开泥土和农夫的时候
我唯一的机会
就是顺着刀锋的一道寒光
回家去

陈惠芳 男,湖南宁乡人,现居长沙。已出版诗集《重返家园》《两栖人》《九章先生》《长沙诗歌地理》。

陈新文

男，湖南衡阳人，现居长沙。诗人、出版人、书法家，编审。

三季

一阵风
吹散今年的春光
夏天的记忆被酷热蒸发
除了喘息没什么可以留下

秋树上的明月
依然有着弯弯的刀伤
愈合只是一瞬间的假象

那大路上的诗人
心中有歌嘴上却沉默
阴影拖在身后
无法称出重量

秋夜十行

站在四十七层的顶楼
也不会显得比秋天更高

旷野里的枯木
是欧阳修的骨头

无边的寂静里
寒露似星
秋声如铜

天地形容瘦削
有风三千里
在上下句间呼啸

母亲

必定是等到风
把桂花涂满傍晚的庭院
母亲才收拾起杂乱的脚步
右手搭着前额，在光线深处
翻寻那一个身影

这个画面出自对秋天的虚拟
出自一个中年女子对母亲愿望的
愧疚。经过金色麦地时
她用唯一富余的文字
为母亲砌出

白墙青瓦，桂花树前
整齐的篱笆，以及女儿
每天披着晚风回家

母亲松开眉间的绳索
在被月光浸泡的香气里
稳稳地接住整个夜晚的安详

陈敏华 女，笔名原野，现居长沙。

草树

本名唐举梁,男,湖南邵东人,现居长沙。著有诗集《马王堆的重构》《长寿碑》。

墨线

他摇动墨斗的把手
随着吱吱的叫声
连着墨线的锥子
像小鸭子跟随着呼唤声
归了黑黑的小巢

那时他正值青春年华
直起身,仿佛松了口气
而我更年少,盯着墨线绷直
在他的手指勾起、放开的刹那
木头上出现一条溅满墨点的直线

如今他荒废了少年手艺
世事如墨点,独少那一条
精准的直线。而我在键盘上消耗时光
噼噼啪啪如飞溅的墨洒落
无非在找寻岁月里墨线的印记

没有它,锯子的密齿会咬向何处

到玉湖公园

冬末看过梅花与雪
寂静中，一份枯黄与白色

初春，花挤不开脚步
纷纭里，鸭掌站在浅水的
影子上，轻风披上花斑点点

今日，眼里绽开绿色
梅花早换装黛绿
樱花被浅绿涂抹
柳枝嫩得垂涎

坡地铺展一片绿绒
水面荡漾绿波与燕语
脚步拖着背影沐浴阳光
漫过湖面，返回青春岁月

陈志辉　男，笔名成辛，湖南望城人。

邓如如 女，本名邓良萍，四川内江人，现居长沙。著有诗集《一棵树》《石头·鸟》。

声音

不知道是第几次，在睡梦中
被柚子花的香气惊醒
它们像一缕缕曼妙无影的轻纱
有时又像一群热闹的蜜蜂
从半开的窗户溜进来
然后在我的房间安静地睡下
我感觉到柚子树上的鸟儿翻了下身
一条蚯蚓爬到地面上打盹
在另一个靠近马路的窗外
有树叶叮咚或轻声地掉下来
然后是扫把扫地发出均匀的沙沙声
天空被这些声音渐渐吵醒
太阳伸出手，把东边的一角剪破
然后哧地一声撕开
一些声音在喧嚣中隐去
一些声音在夜晚发出回声

瓷的碰撞

石基上的土墙还在怀旧
许多眼睛与它接触的事物
发出了声音

草坪上，一些人合唱，话筒足够空灵
草垛堆放的沙发是沉默的
适合一群人摆成不同的插曲
一个短暂消失的人从木质长廊
走进月季

排在围墙上的瓷片吹着口琴
那些复古的板栗树叶就轻轻落下
窑炉上扎营的蚂蚁忙碌着
它们是新的考古物种
溪水从陶罐中流出,便不再是
原来的溪水

消失的人回到原地,把时间
和瓷杯放在一起
这是另一个空间
同样发出叮叮当当的声响

安化之夜与花海
——记同学聚会

你继续用泥巴色的泡泡
把这个夜晚吹成回忆的样子
并指着老照片中的我 说
这还是你吗
这么简单的问题,我却不会回答

旧唱片还在播放那首曲子
而我已经努力把自己培养成了另一种样子
原来努力竟是那么的简单
一朵花被打磨成了建盏
她是固态和柔软的组合
你可以分解她的思想

时光就是这样,从老照片走向鲜艳
把沟壑移至脸庞
而我们把花朵种满梯田

贺予飞 女，湖南宁乡人，现居长沙。大学老师。

穿石坡湖

岳麓山的一滴眼泪，悬于尘世
与天空之间
远方有波浪成群赶来，仿佛阔别多年的游子
重回母亲怀抱
而那些暗处的生命，奔向山的深处，水的深处

几尾红鲤顺着血管游开，风
吹过五脏六腑
沟壑与山川呼吸柔软
我双眉如桨，挣脱水的牵绊
体内长出椿树的肋骨
它不善言辞
用一片嫩芽，与层峦苍翠对峙多年

孩童们学着野鸭嘎嘎翘首
所幸湖水让我早已过了模仿的年纪
也不再轻易带上光环
刀锋刻在肌肤上，该来的我不再躲避
玉虽损
黄金枷锁已卸下

忘掉先贤与圣人，仁者与智者
忘掉伤痛，忘掉自己
在湖畔独立的那个人
成为水的一部分，成为岩石的一部分
成为万物的一部分

江山

一定要有千丈的崖才称它为山
一定要有万里的云
才叫它天空。那么
王小兰就要悲伤了
她只有一小块
靠运气才长得葱郁的草坡
这不是我给江山下的定义
一个小女子，只关心稻田和麦地
就像王小兰一样，只管
牛羊的去处
小小的人间一隅
我们都不往辽阔里去
胡桃荚子，扁豆儿，白菜……兰
我喊她什么，她就是什么

贺双龙 男，笔名双面灵龙，湖南浏阳人。

洪佑良　男，湖南宁乡人。著有诗集《岁月深井》。

森林公园茶吧品茶

已是深秋，阳光正在老去
山色厚重。菊花香得刚好
野果沉淀的味道随风吹来
掀起一个人骨子里的痒
壶中的水不温不火
不喜不悲，与世事无关
只在彼此的杯中沉浮

随手拈起一张报纸
新闻已成旧事
波澜早已平复

照片中从悬崖上纵身扑下的水
也成了一绺可以啜饮的茶

"来，干一杯，以茶代酒"
几个茶杯"咣"的一碰
正午的太阳颤了一下

之所以降临凡间

我来观水，不抗洪
所扛的沙袋并非用于筑坝
我并非想从淹没中，抬起头来
后来的流水将我陷入旧漩涡
像一杯酒在手中摇晃
我备有礼金，不是来参加宴会
只是在人群中寻找一些浪花
我种养的一些浪花
已下落不明

建筑师

释放虎狼的荒野小于鲨鱼休眠的海
小鹿的跳动小于得意的马蹄声
酒里的杀气小于玫瑰的香
小于康乃馨小于太阳花，小于满天星
金银花小于鹤的舞池
小于一片茶叶在水中的稀释
白天忙碌的影子小于夜
闪电小于天空，雨小于乌云
再大的雪也小于风，坚硬的石头小于土
叙事小于沉默，话小于语气
字小于诗，哀伤小于坟墓
男人的内心，小于春天的记忆
小于夏季的坦诚，小于秋的草垛
最后，他小于自己设计的
所有屋，小于深冬的萧瑟
他一生想找一处
足够装下四季的地基

黄明祥

男，湖南安化人，现居长沙。著有诗集《中田村》。

黄泥界 男，原名汤晃兵，湖南浏阳人，现居长沙。

立秋

牧童骑牛归来
邻家妹妹和落日一般脸红

那时我扯一节丝茅
可以吹响半村的曲子

如今一片梧桐落下
我也无法扭转半生岁月

时间是最好的老师
只是夕阳是道难解之题

今日一过
风从北方来，雁往南边去

从此白发交给寒蝉
丰收属于田野

异乡人

我是故乡的异乡人
我是异乡的异乡人
我是泥土的异乡人
我是城市的异乡人
我在离愁交织的坐标找故乡
我在追寻自己的归途找故乡
故乡的人把我当成异乡人
久在异乡，我也成了自己的异乡人
如果，某片土地肯为我余一寸呼吸
让我抱着亲吻、酣眠、无所顾忌
我就把你当成故乡
卸下包袱、功利、荣誉与名声
去一个童话里终老
我不过是这个时代的异乡人
或者是被遗弃的游子
在人群里，我与我的影子同乡
我们曾一起打捞乡愁

何漂　男，湖南湘潭人，现居长沙。著有诗集《漂》。

胡述斌

男，居长沙。湖南省诗歌学会名誉副会长，潇湘诗会第二代传承人。出版诗集《情系古河道》《香格里拉》《南方大雪》、长篇小说《短信男女》。

江城客

骑一头水牛
背一把刀
一袭黑袍从头到脚
从此就是侠士

牛的脚步很慢
三十八年才跨过了二条江
一条河

刀锋很快
将青春片片砍削
人生便飞沙走石云卷云舒

唯一的心事
就是这一袭黑袍
针线缜密手法不乱

说道记

四人落座。他备好了陈茶
台前的人坐进深深的绿意
他开始讲山巅与山脚之树
一场暴雪或一阵飓风瓦解山巅之树多年的经营
山脚之树身板笔挺,活过百岁,活千岁
他是缓慢的。缓慢的举止,缓慢的语速
离我们三张桌
一盏灯点亮另一盏灯的距离

脚

后来。光脚的时日不胜枚举
年轻的脚趾们上山下海,攻克石头与沙砾的锋芒
从母亲那里开始用蹬表达诉求
摇晃风月、悲悯与爱。我们对话,我们无法拥抱
在双臂失重的时候,脚的每一根经络开口说话
说雪爱雪六边形的皎洁
说泪水爱泪水苦涩的滂沱

胡雅婷 女,湖南宁乡人。著有诗集《光阴纵使匆匆》。

胡剑英 男，湖南长沙人。

为老屋拍照

周围是空旷的田地
老屋守着无边寂寞

变小，变小
进入我的相机
就如我的父亲
老了老了走到我心里
他们将在城市一隅相聚

可惜没收进燕子
我会和父亲轻轻说起
当向晚驱车回去
老蜘蛛为我拉亮了星子

梦象

我像盲人,摸黑
在一个小巷子的破旧楼里
从窗户边看到
一个人的眼神里的光景
它慢慢覆盖下来,朝向我
我读懂了里面的内容
它成为,以后我控制自己的一个依据

蒋乌 男,曾用笔名夕犬,原名蒋然,湖南隆回人,现居长沙。

江星若 男，笔名方琢月，湖南宁乡人。著有杂文集《山的那一边》。

边塞曲

我没有去过边塞
那是汉字亘古的边界
在那里姓名变成了黄沙
战马变成了石头
人用一生的沉默
交换一个苍凉的号角
埋下的白骨和长城种不出什么
只有落日的圆槌
还能将大漠重重敲几下
只有唐诗还在寂寞地生长
还会从我的手心
点燃一道
汉语愤怒的烽烟

题《麦田里的乌鸦》

这儿是天空、大地和麦子
是活着的最后三个词
三岔路口结出的三次永恒的诘问
只有你听见了那第四个词
在麦浪间翻滚的黑色尖叫
追逐着风暴昏暗破碎的闪念
你是我们从不存在的兄长或影子
你独自出走，用我们所积欠的
虚构的金子去质问无边天空
阴云低阔，麦子饱满而沉默
神秘的三岔路口找不到任何耳朵
你用一声枪响惊醒了你的名字

漂白

那夜,蟋蟀感冒了
月亮卸掉了我多余的骨头和赘肉
安装上一个通透的灵魂

月亮的臂力突然大于地球
攥紧我从地平线上飘起
终于挣脱一个
让我疲惫不堪的磁场

在嘈杂和污垢上
月亮喷洒出白色镇静的药剂
将那红尘中的斑驳
装入了上衣口袋
那块人生无法藏匿的羞耻
也在染缸中漂白

暗香

与那盆鲜花相对时,我是夕阳
隔着一堵墙看花
更有神秘感
暗香是潜入心灵的蝶影

大楼里最抢眼的
就是乘坐那部电梯的人
花开花落在时光里
不是上去了
就是下来了

梁尔源 男,湖南涟源人。中国诗歌学会副会长。著有诗集《浣洗月亮》《镜中白马》。

我关门时
那盆花一直开着
残留的芬芳
抬高了我的嗅觉
泥土，便有了冷落

我想活得像一朵云

我想活得像一朵云
这朵云,最好活在高原的蓝天
孤单,自由,而不失高洁
即使有一点放荡不羁
也是在天空的宽恕以内

没有强大的云海,作为组织
更不要厚重的云层,当作后台
向往一种简单的幸福
使姿态也变得简简单单

不管群山是否仰望
不管江河如何评判
不管方向是否分为西北东南
哪怕就要消散于无形
也保持一种对天空的忠贞

文成公主

打开水面,我看到了
石头的飞跑,跑了亿万年的
石头,迷失了归途
像那一个回不到家的公主
泪水积蓄为湖
合上水面,我看到了
帆蓬的敛翅,收拢飞翔的
帆船,泊在日月山下
像那座离开了千里的长安
思念在波飞浪涌

罗鹿鸣 男,湖南祁东人,现居长沙。出版诗集多部。

路云

男，湖南岳阳人。大学老师，著有诗集《凉风系》《光虫》等。

冲动

绝壁上什么也没有
除了一根绳子，系在你腰上
我听不清你说的话
声音陡峭，几乎没有踩脚之处
我摔下来多次
疼痛因为找不到伤痕
你不信，我也找不到语言
来复述。长这么大
绝望过一回。而现在我怀疑
这是不是绝望，因为
凡是被描述成绝壁的地方
我几乎都去过，而且说不出快乐
它把我抓得紧紧的，生怕我
掉下去，我时刻
有着把这个说出去的冲动

星空

无意间在一行热泪中
乘坐那只无色充气橡皮艇登上某个孤岛的人
拿着一个光学新玩具
看清泪水无论从哪儿冒出来都会流向
此刻，无论多么湍急
都不会淹没任何一座比鼻尖更小的山包
它们早早醒来
将照看过你的星光和我脚下的海浪
缓存在一阵又一阵鸣叫中
忘了你冰凉的耳朵正贴着我胸口

青花瓷坛

空无一物的坛子。听到
里面的水声,时而安静又时而动荡
像另一片潮汐。被淹没的青花
沉入时间底部,深不可测
它隐身于易碎的朝代
一件虚空之物,更接近于单纯的形式
抽象主义从反面
消解了一只容器的日常性

窗帘

我信任这柔软的部分
它阻挡了窗外尖锐的喧嚣
和令人不安的事物

一切都已闭幕
像候场者那样
我正隐身于生活的后面
安然如桌上的那盘水果
但我能想到它内部
此刻藏匿了一颗坚硬的果核

房间里光线恍惚
只有一双拖鞋的声音
小心地踏过地板
仿佛进入一座堡垒
我蛰伏于其中
对所有的焦虑和羞辱
都深藏不露

李虹辉 男,浙江宁波人,现居长沙。著有诗集《另一个空间》。

李不嫁 男，本名李杰波，湖南桃江人，现居长沙。著有诗集《恍若隔世的故土》。

鸬鹚

河流沉思时，一只老去的鸬鹚
站在渔人的肩膀上
像压舱的石头。它毕生的事业
就像我，憋足一口气，潜入到激流中
尽量多地捕捉猎物
然后吐给别人，而自己反过来
从鱼篓里讨一口吃食
那役使的人知道
它所需不多，胃动力更能逼它
快速往返于取与舍、失与得之间
我们多么不易，风波里出没
没有偷吃过哪怕一条小鱼儿
喉咙上的那根弦，从来就勒得紧紧的

浓雾中上山

抓一把，使劲攥
能够攥出一股水来
走进去，穿过去
就能穿出一个人形的洞来
但很快就被合上
我听到有什么窜过，我听到
急促的呼吸，在触手可及的某个地方
一只野兽。一只无名的野兽
在我们的前方一闪即逝
但我不敢朝浓雾中伸出手去
我怕一把拽出一个人来，和我一模一样

岳州窑旧址

从前的那些日子
在窑中睡下
火已被风领走
可窑,还能说些有温度的话
说从前,如何从泥土中
取出一段段传奇

落在紫罐青碗里的斜阳
有些凉了
残留的泥土上
残留的指印指向天空

那个自称窑匠的上帝
不见了
谁的声音破土而出
——人是泥土
欲成大器必经火烧

我来,不为见上帝
只想找到真的窑匠
向他要一点泥土

李利拉 男,湖南邵阳人,现居长沙。著有诗集、散文集多部。

李婷婷　女，现居长沙。

醒

这时，光线从黑暗里
爬出来。我正沿着一个梦的边缘
危险地游走，控制自己不要醒来
这是清晨的光，粘着一层毛茸茸的物质
我像一颗被软化的糖果，从意识的混沌里
渗出一些微小的甜，一些无须挂齿的酸
我在下意识里呼喊
在无法抬起的手臂和不能调控的呼吸里呼喊
它们成功地将我附着
一如既往的压迫，我甚至能闻到
那些微粒的味道……
光在撑开它的伞，撑开一条一条
意识的骨架，撑开弯曲的、无力的
黏糊糊的时间与空间
仿佛糖果皮，渐渐化开剥落
裸露出一个朦胧的、金色的比喻

河流

拐过第四道弯之后,河面
宽阔,舒缓又清澈
经历过暗礁,激流和漩涡
咆哮或啜泣
现在,安静地容纳游鱼,草木,甚至天空
也容纳泥沙,动物的尸体
——是一面巨大的镜子
是我,逐渐沉淀的内心

静

阳光的碎片打在林间
"反光之物必是光滑的"

一只鸟柔软的羽毛
一块孤独的墓碑

此时,它们得以闪现光点
得以和谐地统一

他们似乎拒绝
任何外来之物的闯入
包括风,包括我
包括一声低微的咳嗽

榔头 男,原名周检,湖南长沙人。

林乐之

男，本名林有祥，现居长沙。大学教授。

诗人的敏感
——记梦·记事

随着轻轻地一声：暂停！
他爆发了
他怒目圆睁
他震撼山河地朝导演咆哮
为什么？为什么？为什么？
24小时不停机地拍我！拍我！拍我！

一个诗人
被他的咆哮声惊醒
瞬间，抑制不住
抱枕呜咽！抱枕呜咽！抱枕呜咽……

夏天的眼神

一只麻雀
在高速公路上
踱着步

坐在车里的人
将这一幕
映射到路旁的
白色小花上

她们
不由自主地
摇曳起来

流丹　女，湖南慈利人，现居长沙。

黎凛

男，湖南邵阳人，现居浏阳。著有诗集三部。

孤独

我抽烟，孤独就是袅袅的烟圈
我喝酒，孤独就是酒精的媚惑
我唱歌，孤独就是空寂的回声

我躺在床上，孤独有床的宽度
我关在屋里，孤独有屋子的容积
我走在路上，孤独就是道路的远方

我喜欢孤独
我与孤独相爱
仿佛那就是自己的影子

仿佛流水就是高山的影子
仿佛你就是我的影子

这么说吧
我想你，孤独就是你

我在他乡
孤独就是整个故乡

无题两首

刘启文　男，湖南浏阳人。

1

我不善言辞
就像你种的花草
默默地望着窗外的星空
总有几许
纯净的，轻于鸿毛疼痛
就这样夺去我今夜怀中所有的山河

初夏的某日某时
你做的菜，你倒的酒
我仍然只能默默
举一杯此生的忧愁
咽一口尘封的过往
而你却像朝阳
照着我尘世佝偻的样子

2

总想着那个黄昏
我年老的时候
生命有着岩石一样的色彩
暴露着太多的弱点和爱
那个时候
我在窗前，看着落日，红得像柿子
许多往事已经不那么丰满
此情此景，时光曳回在今夜
我守着一炉火，开始预习
多年以后的橘黄色的每一个黄昏
却总是挟带着，她的影子

刘羊

男，本名刘建海，湖南洞口人，现居长沙。著有诗集《乡里人的说话方式》等。

粗布衣者

从医院配餐室经过，看到他们伸长脖颈
如一群撮箕在开一个重要年会
——低温雨雪天气已经到来
哪里要重点打扫，哪里要准备抹布、热水
这都是天大的事情。这个城市的颜面
最后掌握在他们手里
任务如此重大，使得他们来不及深入讨论
做出正式决议。一群粗布衣者
仅用一个拖把、一块抹布，就把世间擦洗干净
不用多久，他们又用一颗菩萨之心
接过同样的污泥脏水
他们的慈悲心肠是怎样炼成的
甘心整天与最沉重的劳动在一起
一切不得而知。他们用一身粗布衣裳
把自己和人群隔出了一道防护线

采茶颂

你就是那位在晨曦中抵达自己的人
你借助于垂露、星光和一座山逶迤的坡度
丈量出脚底的年轮，青春的底色以及一片柔荑
从密印寺钟声里拔节的细密而清晰的纹理

指尖的舞蹈，握不住经年的阵痛
一篮春水在掌纹间折叠起春天的厚度
一叶一尖，两叶一尖
从夜里起身的人，渴望在绿色的河床
完成一次肤浅的爱

从枝头到杯中的迁徙，飞翔的香
在山间寂静的空气里偷渡
被汗水压弯的山路
一定会赶在一盏毛尖茶的氤氲里
吐露出忍冬已久的箴言

刘丙坤 男，湖南宁乡人。著有诗集《银杏树下》。

马笑泉 男，湖南隆回人，现居长沙。著有诗集《三种向度》《传递一盏古典的灯》。

雨中的红楼

我始终走不近那座雨中的红楼
我尝试过各种方向但我走不近
那座雨中的红楼
但我知道在楼上对镜梳妆的
就是我要找的那个人
我一直不倦地向那座雨中的红楼走去
因为我知道我要找的那个人
她正坐在镜前默默地等待着我

夜宿耕读书院

竹林的清梦应与我略同
而我竟不肯入梦
要睁眼度过这良夜

陪伴自己的只有自己
连影子都不能依赖
以笔耕田，书来读我
这一生愿在灯光下摆渡心灵

这一宿竟能如愿
窥见了雨意渗进灯光的形态
竹林的虫鸟早已睡去
而我要睁眼度过这良夜

秋天的下午

秋天有老虎的斑斓
我将它披在身上
把自己也当作一只老虎
整整一个下午
我在铁丝栏外的一棵香樟树下
试着模仿园中的老虎
试着藏起一个王者的尊严
试着保持沉默，试着让孤独变得巨大
试着以即将到来的落日为界
为它们划分疆土

梦天岚 男，本名谭伟雄，湖南邵东人，现居长沙。著有诗集《神秘园》《羞于说出》《那镇》等。

莫莫

女，本名刘小宁，湖南娄底人，现居长沙。警察。

远

五点，有雾，窗外
从两座高楼间升起的亮
还没有升起
雾霾中，两座楼看起来很遥远
那些阳台上的花、草、小鱼儿
都模糊地沉默着，除了急促的呼吸
像一座城市与另一座城市
独立，沉默，不说爱
阳光会让它们看清彼此
可是，你看，现在
阳光还很遥远

这只手

有几秒钟。我看着
向我打开,等待我的手
放进去的这只手
它不同于我本来的虚弱

这只手被几个男人握过
在夜行的车里,在穿着高跟鞋
上山的途中。一个怀疑论者
我信赖了它们,不是全部

我平静地看着面前这只手
(它提醒我,要爱惜自己)
我渴望的,我的一生都在渴望
我可以埋首在里面哭泣的
也许永不会到来

带着各自的气息,在蒙古包似的
大厅里,立冬第一夜
诗歌朗诵在继续
这只手自然地收回藤椅扶手
没有人注意,没有难堪
它握着的,是冰凉的空气

像卡佛一样

我知道郁结的缘由
皱纹之间的深渊

地球自转,公转

茉棉 女,湖南桃江人,现居长沙。高校教师。

光分配给不同的黑暗

我理解第一排与第二排的标准
年轻与年老

理解了自己
知道鸢尾名字后的改变
理解：看见就像没有看见

我经过还没天亮的停车场
早班车空空荡荡
如今，我也像卡佛
叫自己亲爱的，仿佛被人爱着

生日

无非是用旧了的一些时间
接头,悬而未果的未来之日

母亲往热腾腾的长寿面里
又加了一次糖
青年,中年,晚年
她都有意无意绕过了生活的蜇刺
给予我——蜜

这一日,秋过半,阳光盛大
真好。仿佛母亲未曾痴呆
真好。仿佛我未曾至中年
真好。我们晒太阳
仿佛秋风未曾提着软利刃
仿佛我们未曾走在赴死的路上

光阴的坡度恰好
我未老,母亲也未离开

梅苔儿 女,本名张晓,湖南浏阳人。医生。

马迟迟 男，湖南隆回人，现居长沙。著有诗集《良辰》。

廊中人

首先看到的是那片白光
从窗棂的电影幕布上投射下来
他们站在走廊上，形成完整的坐标
两条轴线指向分针和时针
那个专制的导演，正在调整
他的机位和他们的站姿，他们的神态
是莎士比亚戏剧中的内容，他妹妹的手
像清代的丝绒，跨过他的肩，他的双亲靠向
木质花纹的墙体，在他们后面
是一口春天的水塘，魏源曾站在那里
注目望云峰，更远处是雪峰山脉
黄金般的心灵。他的眼神在一种
莫名空洞和虚幻的情绪中折叠
他看到他们家族梦中的锚，在月光下的金潭原
挖掘盐和肥料。历史的散文排列在
魏源故居的展览中，"师夷长技以制夷"
——祖辈们革命和变法的诗歌
是灰烬中的钻石，"邵邑淳良"的牌匾
悬挂在新的厅堂，纸花在万年历的天空飘撒
溪河流转，他们和他们的袍泽
是这幕剧中的生角与旦角
脸上泛出瓷器陈酿的荣光

欧阳白 男，曾用笔名渤海，湖南宁乡人。著有诗集《渤海短诗选》《思想的黄金》《诗歌 站在我生活的反面》《元素》《如同在月亮上看地球》等六部。

梨花

不知道故乡梨花开了没？我问
南下活泼的风，它没有作答，扯了一下我的衣角
就直奔对面的山脚，摇晃那株艳丽的桃树去了

看来不行。还不如托北上沉稳的春雨
给梨树捎个湿润的口讯，让它干脆晚点开
等我再瘦一些，瘦得可以像树叶般飘起

那个时候，我可以倏地一下，无声无息就回去
回到那个安静的村子，躲在梨树的后面
搔它的胳肢窝，让它知道什么叫：花枝乱颤

七夕词

韩式微卷的头发，一朵开花的柳树
精致俏丽的妆容，一枚闪亮的星子
白色花瓣状大耳环，一段沉默的时光
紫罗兰色水晶球状项链，一两笑
湖蓝色无袖竖褶连衣短裙，半斤阳光
简约黑色细腰带，一座跨越时空的彩色的桥
不规则金边白贝壳拼接的手镯，一句令人悱恻的歌词
卡其白嵌水晶露珠花朵细带小坡跟凉鞋
一片宽阔的大海，一面没有容颜的镜子

彭国梁 男，湖南长沙人。诗人、作家、画家、藏书家。著有诗集多部。

情节无言

双手和膝盖
有一种语言

语言从一张门延伸开去
语言一离门
就有了情节

情节在一棵树下
树下有一张熟透了的
果实的脸

从他微笑的皱纹就知道
从他招风的大耳就知道

知道一种痒痒的情节
葡萄一样诱惑着
挂在天边

正午

我越发喜欢妖娆的事物
比如思念，比如浅睡方醒
世界只剩一幅简笔画
比如风，播撒的明净里
有阳光化不开的凝望
群峰，充当诗里负重前行的驼队
这唯一富有质感的浓墨
为了让地平线，拉得最长的一笔
不至太过单调乏味……
我不知自己是否表达清晰了
其实，也无须表达清晰
因为，神眷顾的正午
我向蔚蓝叩响了灵魂
因为，无论多么高远的天空
都装在一只深情的明眸里

找回失散多年的马匹

现在，我告诉你，我从没骗你
我心中的神位，永远端坐泪水供养的
孤傲的诗篇，那是永不磨灭的爱
童年的幻想，灵魂的北方，翻过去的日子
怀乡的风，吹动旗帜，也吹动树叶和花朵
这些是我歌唱的理由
现在，抱紧一无是处的我，用旧的身体
是否还心跳加速，眼睛湿润

起伦 男，本名刘起伦，湖南祁东人，现居长沙。著有诗集三部。

现在，我被一只大鸟带向嘹亮的苍穹
只是证明，一切低处的苦难，最终高过天堂
你看，在一万米高度，云海深处，神啊
我又找回失散多年的马匹

旷野记

旷野在走,旷野弄歪了一柱炊烟
旷野弯下腰来
认真捡起几座新坟

一片青草在后面追赶,被一个山坡抱起
旷野不知道,旷野的速度
太快了,有几根光线扯住的旷野
已经来到黎明

大地已经空虚
几个旷野跑进一个写作者的骨头,几个旷野
像几颗尘埃,被写进一个人的骨髓

几个旷野,在讨论为什么这样安静
几个旷野,引起了他关节炎的高度警觉

风的事情

风一吹,就有树叶落下来
今天风好大,树叶照样落下来了
还有隔壁的老张落下来了
星星比落叶和老张都重许多
风就是没有把他们吹下来
大风实在没办法
就匆匆穿上了老张的几件旧衣服
像老张的亲戚一样
跟跟跄跄,大风向天边跑去
星星还是没有落下来
因为它,一直在用光芒诵经

宋志刚 男,湖南长沙人。

宋晓明　女，湖南安乡人，现居长沙。

赛里木湖

来到赛里木湖
只被这么大
这么深的蓝
攥住

与天相接的蓝
纯蓝、净蓝、深蓝
全世界的蓝
都来到赛里木湖

在湖边，我跳起来
摆拍
却毫无理由地
流下眼泪

夜里的滇池

对于黑夜来讲
滇池是司空见惯的来客
对于滇池来说
我是突如其来的闯入者
远处摇曳的灯光
像一杯使我无法入睡的红酒
岸边的风情感充沛
带给脸颊春天的感觉
让我想起你的手背
想起我们一起聊过的杨柳

湿地公园的水杉红了
十年前你看到的月亮
依旧明亮地挂在树梢
我的小眼睛加倍努力
只为看清楚你经过的痕迹
路上我长长的身影
拉响聂耳铜像手中的琴弦
海埂大坝一片寂静
你的那只海鸥带领所有的鸟类
莫非都去了梦乡

苏启平 男,湖南浏阳人。著有散文诗集《回不去的故乡》等。

谭仲池 男，湖南浏阳人，现居长沙。著有诗集《芭蕉雨》《月之梦》《岁月与梦幻》等。

树中塔影

一座不知名的塔
从浓郁的树荫中站起
它在瞭望远山的苍茫

塔顶上，飞过一群大雁
天空被划出一道辽远的路
云霞就是开在路上的鲜花

我也想奔跑在这条路上
去寻找大雁的故乡

大山之夜

大山之夜，很深邃
很清澈，很幽静
唯有天上闪烁的星光
装饰着四周森林晃动的叠影

岩石已安然入睡
把白昼的巍峨，明澈
凝固成黑色的思想
任山风卷起的林涛拍打

我走出木屋
衣袖湿成一片银白
我知道，今宵我会失眠
心似夜，像乡愁一样悠长

买鱼小记

罩着木然人群的天空
像一口烧煳了菜的铁锅子
估计难以用醋洗刷干净
不如往里注入河水
买几条土鲫鱼放进去

那铺满湘江的鳞片
来自至少一吨重的大青鱼
这类次要诗人的比喻
并没有被昨夜
一亿吨暴雨的圆形水花抚平

人们把肚子鼓起来,顶着摊位
证明球形是最完美的几何体
作为最后一位诗人
菜市场唯一的形销骨立者
你走向鱼贩,在这关键的早晨

爬山小记

脚下的胶鞋能像注射器吗
把一个气喘吁吁的中年人
体内的脂肪和湿气
一针一针,压入山体
你年纪轻轻
就害怕身体里下垂的东西

几只柳莺在老樟树上跳跃

谭克修

男,湖南隆回人,现居长沙。著有诗集《三重奏》《万国城》。

又轻快飞过
无意中亮出一对沉重的
厌倦飞行的翅膀
下山的人,脸上写着胜利
脚下像溃散的逃兵

让那个脸色苍白的男子
扶着岩石呕吐吧
他越来越虚弱
让他在岩石上趴一会儿
没人能阻止他,越来越像
一片被岩石呕吐出来的苔藓

你一路寻找爬山的动力
并再次求助于夕阳
但,它不过是
通往黑夜的一个陷阱
它很快会把月亮赶出来
蹲守树梢,像沉默的猫头鹰

春日游园品

尽所能看清每个细节,花蕊拔丝乳白
顶冠明黄而渐变,颗粒细小黏性适度
在某个时刻舍得飞扬,自然之使,开谢令
与红花檵木聊聊紫藤花季
尽所能度过无事阴雨,饱满去就,寻找自适
迷于某个深邃未竟之业并保持一米槐花间距
尽所能在月季身后与办公桌前自己握手
时光机器我们将进入暗夜,仔细读出
陨石真面目确是苔花世界与花园游玩轨迹
尽所能发掘桃花牡丹词语魔性,仙性所在
妖娆之姿的午后风与光中命名
将花园置放介于虚拟物质和真实精神之间

汤凌 男,湖南常宁人,现居长沙。著有诗集四部。

王丽容 女，曾用名王小七、小七，湖南华容人，现居长沙。

空棉梗

没人留意那一株株褐色的棉梗了
农人如今不需要棉梗作燃料
明年春天这块地上将是别的作物
它们一天天变得干枯
但不会倒下
它们静静地等待被嫌弃地拔去
它们举着空空的壳
壳里四瓣洁白的棉花被摘掉
走进人们的被子里
棉衣里，在寒冷切齿的温暖里
张开的壳依然朝向天空
仿若还托着云朵一般的棉花
它们像练习绽放
练习死亡

荷花茶

路灯下，撑着伞
雨滴打湿脚踝
我问她，怎么才一支
音乐厅在我们后面
弹吉他的人离开舞台

从那儿出来
我们站立的姿势
像二重奏吉他手
手中的荷花茶
如一把吉他

一只死了的蚂蚁

它莫明其妙地躺在路上
触角奋力高举
却耷拉着

一只蚂蚁死了
毫无疑问,它的身边
还有三只蚂蚁

一只围着它转
仿佛在叫它
一只望着天空发呆
似乎在思考人生
另一只继续觅食
它越走越远,却从不回头

如果撇开这三只蚂蚁
紧紧盯住
死了的那只,你就会惊讶地
发现:它的触角微微在动
仿佛刚刚刮过一阵风

电线上的麻雀

十几只麻雀停在一条电线上
仿佛一个个
伸向空中的小拳头

拳头里握着的力

吴昕孺 男,居长沙。著有诗集多部。

在空中,雾一般消散
变成那缓缓移动的白色云团

不知接到谁的命令
麻雀们同时跃起,四处飞散
像被奋力抛掷的一把卵石

这时,我们往往能听到
电线里发出咝咝的声音
有如一条条细密的波纹

悄然抵达比麻雀的翅膀与聒噪
更远的地方
并且是它们,最终让世界安静

街头

在流浪歌手和人群之间
装琴的牛皮盒,像神的手掌

喊出的高音,像灰尘
转个弯,又回到肺里

往琴盒丢零钱的时候,神
拉了拉我的手

我有点害羞,如同深藏的秘密
被领受

买鱼

他熟练地
从浅浅方方的水泥池中
打捞起
他抓住它,麻利地操刀
去鳞,破肚,掏出内脏
他用清水冲洗
将一尊清白之身
交给我

城东菜市场
一个平常的下午,日头和鱼肚
一样白
万物宁静
我听见自己的心跳
和它的短暂的颤抖

王馨梓 女,本名王友爱,湖南张家界人,现居长沙。

王琛 男，湖南长沙人。

假如我有一把钥匙

假如我有一把钥匙
就回到六岁
回到北桥新村
打开天空，打开一扇门
坐在旧沙发上
坐到外婆身边
听她讲过去的故事
假如我有一把钥匙
一把快乐的钥匙
我就打开
北桥新村所有的门
把李家儿子，宋家女儿
还有许多小伙伴
全都放出来

从墓园归来

我徒步到此见一个人
我徒步到此见一个没见过的人
被安静和永恒深深地掩盖
我刚从另一个墓园归来
被安静和深深掩盖，年年
看他，给他焚香烧纸磕头
从墓园归来，我记不清
亲属、鲜花和其他
只记得碑上的爱情
于是我都会疾病
我比他们活
要更靠近死亡

好好爱你，故乡

给你棒棒糖，甜一点点
小孩子的嘴边少沾点泥巴
不只是放放风筝，也看看童话
带上名片，自家产的大米与水果
也贴上自己的标签，周游世界
给你骨灰盒，节约土地
不要那些讲排场的新墓与乱坟岗
给你爱情，不是相亲，不是聘礼
给你鸟儿的路，不是祖训，不是上喻
故乡，我想把这两个字拆开
让封闭的故事与敞开的乡土分开
该毁掉的就毁掉，该搬迁的就搬迁
再重新建设我的小葱拌豆腐的审美
我捕风捉影的思念

谢小青 女，湖南冷水江人，现居长沙。著有诗集《起风了》《无心地看着这一切》。

徐汉洲 男，湖北人，现居长沙。

少年时光

实在忍不住的时候
奶奶会去割下一小块
埋进黄豆酱里
跟红薯一起蒸

虽然腊肉的香气比妹妹还显瘦
但我们仍有幸福感
那时候奶奶想我们早点长大
我自己则渴望哪一天醒来
身上长出一对大翅膀

用筷子蘸一下肉香咬一口红薯
日子虽然滋润
但每当鸟儿从头顶飞过
我仍然忍不住驻足遥望

新雪

陈年的雪,像一支流浪
鲸鱼吞下过量海水,失眠者吞下一盏失约的灯火
月光的指纹,识别不了
一座丛林细微之处的全部幽暗
豹子在掌纹里奔跑,遥远的地平线
落日总比朝阳更容易煮沸窗子里的积雪
春天落于纸上,
仰望或缅怀落于一块墓碑切下的阴影
于是我们看见了新雪
看见涌动的沙,重新穿过针孔
看见蓝色的鱼群,穿过早已湮灭的河道
这周而复始的撤退与占领
新年的钟声,让每一寸被重新渲染的白
在覆盖与崩塌里获得了短暂的晕眩与抚慰

雪

反叛的水,逃逸的水,氤漫的水
从寡淡生活中猛然起身站立的水
掀开瓦片找到人世清凉缺口与缝隙的水……
已经没有什么容器,能装下那些溢出于尘世的魂灵
水吞下过量雷暴、闪电以及蒙昧的灯火
水坐在陶罐里濯洗自己并灌满所有谛听者的耳朵
水拍打着水,修饰出一双温暖的手
水咬着水,从镜子里取出蓬松的须发与面容
雪就开始把雪抛撒,雪就开始把雪覆盖
一片雪是另一片雪的肉身与容器
融化或崩塌,我们都能听到雪在撤离时
集体发出的尖叫

杨孟军 男,湖南宁乡人。著有诗集《蓝调忧郁》《镜中之豹》。

易清华

男，湖南华容人，现居长沙。著有《感觉自己在飞》《寒夜里的笑声》《荣辱与共》《背景》等。

窗外观鸟

从看到它的第一眼
我就知道它是什么鸟
它没有鸣叫
但我熟知它的声音
还有它的血缘，社会关系
一些习性，以及巢的格局和构建
感谢博物学

停在窗外绿树枝上的
那只鸟，并不知道
我在观察它，就像我不知道
在无从感知的地方，有一双眼睛
在盯着我，并在没开口之前
就知道我要说什么

每当想到，我要写下的诗句
可能早已或者正在被别人写出
便惶恐不安

一个漫长的冬夜

一个漫长的冬夜
你嘴里呵出的热气
是内心的碎冰，一闪一闪

在二十楼住所的阳台上眺望
你定义这个夜晚
为人生自我流放的荒岛

在荒岛的最后一个夜晚
你穿过乱石、神像和废弃的航标
用最后一根火柴
点燃最后一支烟
你小口小口地吸着
就像告别尘世的人紧攥着
最后的一滴血

你让烟头上的火星
小得不能再小
同时又不能熄灭

幽林石子　女，本名石世红，湖南宁乡人。著有诗集《草木的事业》。

故乡纸上的春秋

一匹布吹拂着你的故乡，吹开云层
怀宁的麦子正为村庄写意，为落地的鸟语吟哦
查湾她又长出了新的乳牙，你母亲在山水的啁
啾声里
晚来的涛声，岛屿举起深蓝的语言
你的兄弟正用心铺陈纸上的春秋

人们听见文化园里传来轻轻的脚步声
是你，在收割海上的森林
诗歌，那雨鞋深处浅浅的火
有镰刀翻阅，泉水叮咚
风儿吐着炊烟，一直朗诵到他乡

因为冬日就要来临

整整一天,我就这样坐在你的身旁
看着人们清扫你胸膛上的落叶
在被冰砂和飘雪覆盖前,摘掉的
最后一个金色果实;和你
日渐干涸了的疲惫的血脉

看着你每一条手臂每一节手指断裂后
在新鲜的伤口结出的旧的疤痕,隐藏在
最后一片温暖的阳光下你疼痛的眼睛
听着你在寒风边悄然离去前的
每一声咳嗽,每一阵战栗和不安的呼吸

怀念你,别人不曾抵达的
笑意,你的孤独的本质,被焚烧
为我加冕的花朵与叶饰
热切的亲吻和远胜于我的爱意

五月的黄昏

白果树的绿叶已复鼎盛,可未见白果
初夏予人以温暖,而此时
仍有寒意随风而来
人们逐次离开园地
于攀升的炊烟中,找到
属于自己的避难所
仅留下的那一个
无法离去的那一个
看着盛开的花,看着落败的花

淹月 男,湖南涟源人,现居长沙。著有诗集《玫瑰禅室》等。

余海燕　女，湖南望城人。著有诗集《春天的隐语》《小镇的Ａ面》。

觉华塔即景

夕阳铺满大地时
时光倒退如潮
谁成为其中的影子
用花朵、枝叶与这个世界相爱

此处日子空阔，夜色弥漫
隔着河流的塔在灰色晚景里
瘦成一棵被众生普度的松树
这雾状的尖尖的顶子上
是天空的空，是自然的空

现在，你只能在远处观望
即算你走近它，也无法抵达它的内部
这无以言明
无以在这退却的时光里
将眼光投向更深远的远中

雨一直下到天亮

雨下了一整夜，天已经亮了
女人沉迷于，古老的催眠

阳台篷顶，狂乱地抖颤，像一面
乡村的牛皮鼓，埋怨塑料的桶箱

植物很疯狂：迪斯科，或者拉丁舞
平整的地面，砸落无数的鼓槌

金属防护窗，偶尔被击中
短暂的吟哦。看见下面的福特

玻璃的天窗顶，有着很好的弧线
适于雨水细微的下滑

有人突然从对面出门
垂直的雨水中，一把黑伞在移动

腰间的钥匙
响着清脆的咣当声

易安 男，又名易建东，笔名东山访泉，湖南冷水江人，现居长沙。著有诗集《因为爱你》《社学里的白天和夜晚》《一个冒雪锯木的清晨》。

张战 女，湖南长沙人。著有诗集《黑色糖果屋》《陌生人》《写给人类孩子的诗》。

买

我什么都买
在我最软弱的时候
黑色丝巾，刺绣麻布靠垫
一个小牙签罐，仿古烛台
买下哑铃，竹编废纸篓
融化的冰激凌，不爱吃的水饺
一打纸巾，一箱牛奶
裙子，鞋子，街角乞丐的讨钱筒
我以买主的身份走向它
买下我吧，其实我在说
买下我的软弱，怀疑，厌倦
我每时每刻必须做的不情愿的选择
买下我将有的眼睛下的黑圈
手背上的斑纹
无法入眠的长夜
下巴流淌的菜汁

买下吧，买下吧
买下我无力移开的墙壁
网里唱不出歌的鱼
幽闭在碗盏中从未释放过的大笑
我必须咬碎咽下的石头
买下我的结局，我的开始
我盲人一样的命运
买下对我的怜悯，对所有人的怜悯
万物皆有归宿
哪怕一粒微尘

你睡着了吗

今夜，雨还在大地上疾书
雨是从一个更好的世界来的吗
午夜十二点
洪峰通过湘江
水是一封浩浩荡荡的告别信

有人半夜起来抽烟
地球的心跳
越来越快

谁来当这夜的守护人

老人又梦见他年轻时曾渡过的一条河流
女孩轻柔地在房间里走
她想用梳子
给湿漉漉的鸟儿梳梳羽毛

不要睡着啊
谁来告诉他们
大门就要被推开

此刻浩大的水面
漂过一顶草帽

张吉夫 男，湖南岳阳人，现居长沙。

渡口

一些时光沉睡在小树林的
老迈的茶亭里
腐朽的拴马桩拴不住远去的马蹄声声
渡口在渡口的语词里生动着
斗笠老翁摇桨的身姿
平衡着左肩上的星星和右肩上的月亮
欸乃的桨声浸淫了夜的清凉
江面柳笛的歌谣
掺杂了几声水鸟求偶的鸣叫
另一部分时光已经逃遁
我们从对岸出发，摆渡到江心，回旋在江心
老翁摆渡他的客人，我们摆渡自己
摆渡我们日益浮躁的内心
以后我们高速穿过这条河流
再也无法在江心停留

窗

哲学诞生的前夜
湖边的窗棂撑开了眉眼
山岚上雪的暗光好奇地进来探个虚实
一点烛光亮起，将它驱赶
湖中冰凌破裂，屋外柴门犬吠
世界的中心来到了这里
我只是被透视的对象
我的毛发与皮囊，我的肝和胆
以及我对于寒冷的无知无觉
在我肉体上狂欢的黑夜已经消褪
而黎明，又将在我额头上老去

在雾霾中仰望星空

一颗星星也没有
我仍要把我所仰望的
唤作星空
我相信它们
一直都在
我们迷住了自己
它们找不到
流落人间的自己的肉身

在暮色里找寻自身

身体在暮色里消解不见
隐形摄像头
漂浮的伞
小树林泛着青光,那是我
湿滑的树皮折射造成的
许多的我
梦呓中脱离、翻飞
反复运算命运的纸牌
跌入湖面
醒来后如果发现自己溺水而亡
这很可怕
含颗灯泡在路旁站着的
还是我
披一件细密的灰麻棉袍

张一兵 男,湖南长沙人。著有诗集《熟悉的河岸》。

周伟文

男,笔名阿舟,湖南新邵人,现居长沙。著有诗集《记得那是雨季》《另一个世界的父亲也有春天》。

被花救活的人

一个人死了
静静地躺在那儿
无数的花涌向他
纸的,塑料的,鲜艳的

一个人死了
静静地躺在花丛中
远远看去
脸色红润
仿佛
已被那些花救活

HUNAN
DANGDAI
SHIGE
DILI

湖南
当代
诗歌
地理

株 洲 市 ◉

悖论

历史是未曾凝固的流体
在时间剪切下
适应容器
你遥望星空
于至暗处寻觅光明
潜行于枯萎的沙漠
有一些冷静又滚烫的花朵
攀升蔓延到绿意盎然的灰色星球
我折叠好交错的时空之门
郑重交付海涛的狂野与荒原的静谧
再闭上双眼
绝望地离开

怀疑论者

若许我以土地
我将摒弃苍白的音乐与狡诈的文字
侧耳倾听她贞静的呼吸如山风回响
我将在炙烤下腌制成形，久久存放
以沉默代替喧响
我将走进昆虫望见花朵
抛开花朵之迷幻，嗅到果实
我将知晓因果而不再惶惑
既播种希望，也收割痛楚
我将交揉与挥洒
腥浓的血，咸湿的汗
向旷野嘶喊，我将深深垂下
因轻狂而高昂的头颅
向大，虔敬的祈祷

陈轩 女，湖南株洲人。

寒君 男，本名韩军，湖南株洲人。

风暴蝴蝶

在某个地方
只要蝴蝶轻轻地一振翅
就会引发一场风暴
我不相信
直到那天晚上
你轻轻地一转身
我看见你发束上的蝴蝶结
才真正相信
一场风暴即将来临了

枝丫间

枝丫间的月亮格外大，格外亮
像是快要疯掉

像是谁故意放在那里的
放在那里，被风吹得晃动着
晃动着：一张倦怠的脸
拥挤的老年斑……

深寂的夜晚，世界并不是一个好梦
它有着削尖的孤独，以及
漫山遍野的、沉睡的冰凉陨石

——我独自醒来，将一颗心
放在高高的枝丫间；我企盼那里
恰好有一个鸟巢

一滴水

必然孤独的是
一滴水：此刻，它挂在

某个物体的边缘，既不是答案
也不是问题

它紧紧收缩，慢慢拉长
与自己打一场持久战

——不可能持久，它马上就要坠落

空格键 男，本名邓志强，湖南醴陵人。著有诗集《耳朵塘》。

向着一个无力挽救的方向

而方向就是深渊……
它厌恶，它害怕，它戒备一切

未知的时空——我们称之为
命运。一滴水，幽暗，惶惑

与季节无关，与风向无关
它存在，光天化日，而又柔肠寸断

一滴孤独的水，一滴隐忍的水
将光收拢，尔后砸碎，你看到

一片古怪的湿迹
如梦刚醒，如病初愈

小雪

天气忽然冷了
小雪说，听到我的脚步声了吗
雨水是第一个听到的
每一片叶子都得到了她的馈赠

桂树是第二个听到的
那叶子底下的金黄
把身子缩了又缩，不敢声张
她担心一声张，雪就来了

地上的雨水慢慢干了
牛背上的童年也在慢慢走远
从小满到小雪，秋天到冬天
只隔着一条街的距离

过客

那株老远就能闻到香味的树
那盏睡了又醒的灯
那条宽阔然而十分拥挤的路
那些来来往往似曾相识的脸
都比你更熟悉
我只有闭着眼，才能看清你的模样
你不是太阳堆叠的影子
你只是一个过客
在我的月光里刚好相遇
如同一片叶子与另一片叶子
在尚且暖和的秋天轻轻相触
短暂的回眸刚够互相问个好

李巧文　女，湖南宁乡人，现居株洲。

秦华 女，湖南株洲人。著有诗集《雨在一片叶子上》。

在天门山的缆车上

在世界最长的缆车上
我们不知道该谈什么
城市投影在脚下
昨夜的楼群渐渐远去
空旷寂寥的冬日认领了一群诗人

在世界最长的缆车上
我们谈论过什么
易逝的光和交往的碎片
恐高的人一直紧闭双眼
缆车缓缓的表情包
沉默或跳跃

在世界最长的缆车上
我们必须要讲点什么
保持对美的放纵与警觉
比如面对垂直苍老的时间
面对一棵松
如果有个人一句话都不讲
他可能遇到了神仙

古街

一道装饰考究的门扉
将古街变迁的繁华与沧桑
图腾日子的风霜雪月
开启或者掩蔽
都能洞悉
古街过往里的惊鸿照影
古铜色的天空
多像一面凹凸镜
尘埃蹁跹无处藏身
只有风
才是诡异的窃听者
我的入场没有任何仪式感

失眠的街灯

酒杯、音乐，笔砚，素笺
以潜伏的方式叙事
城郭分明但树影婆娑
生命之舟淡然发光
霓虹灯诱惑欲望
馅如肌肤的面包光鲜
梦境暗度陈仓
午夜，似一泓不可预测的深潭
刺入夜幕的匕首
光怪陆离诡异
一路摇曳的街灯
失眠于午夜的深巷
探寻通往黎明的窗口

唐臻科 男，湖南株洲人。

田瑛 女，湖南株洲人。

有些话，想和大自然说

这种无声的语言，充满焦渴
就像周末，总让我期待
或许是想一条叫小八的狗了
也或许是想一群志趣相投的人
更或许，想去一个没有生活痕迹的地方
看一只鸟在电线杆上啄羽毛
看一只蚂蚁搬动一粒食物，然后
看一座山很高
我想用力爬上去

这一次，我是想去索取一条哈达
去抵达一片辽阔
然后，忘记蓝天里的乌云
寻找一缕阳光，再然后
与大自然安静对话

说出内心赤裸裸的爱
赤裸裸的喜欢
我可不管，格桑花羞得满脸通红

那些飘起来的事物

比如那片叶子从树上落下时
悬浮在了我的眼里,分解成无数片
努力抓住其中一片另一片
又重叠上来,比如一颗青草
也试图脱离土地寻找它的远方
关于远方候鸟最有发言权
越过无数高山平原森林
躲避无数死亡到达终点
它起飞的姿势又一次成为我的
聚焦点,最后停顿在
某朵云上。近来每况如此
连文字也从眼中离开书本
各自分散,这些飘起来的事物
组成我的样子,在空中落不了地

吴晓彬 男,湖南新化人,现居株洲。

徐蓓 女，笔名紫梧，山东人，现居湖南株洲。著有诗集《秋天是生病的季节》。

仪式

扎起发髻，洗手更衣
要不厌其烦
有些事不能删繁就简
就像落日余晖从屋檐移到墙角
再隐匿于夜晚
就像轻轻摇晃后缓缓入口的红酒
就像一千个清晨的一万道霞光
就像挥霍的情爱……
我把海参泡在水里
想唤醒这些风干的生命
以虔诚和心底的负疚
献上悲悯与感激
这个奇妙的世界
没有风平浪静的海滩
也没有不死的魂灵

顺其自然

越来越远的距离
不是因为越来越坏的天气
糟糕的感觉和无法聚拢的话题
在破坏一些心照不宣的默契
时间唤醒了潜在的意识
一杯咖啡和一盏茶
在一束洋甘菊的边上
因拘谨而独立
落叶在窗外回旋飘舞
秋风走了，雪意迟迟
它们不知所以

寂静的雪

世上最轻的脚,最无声的脚步
一夜间落满整个世界
我推开门,闻到崭新的清气
白,一种彻底的纯洁,灿烂得无法转述

人们从十二月的深夜朝窗外探出脑袋
他们惊奇
他们的眼睛乌亮
仿佛这雪白世界的客人

我伸手接住几片雪
嘘,冰凉也在空气中停住
仿佛世界骤然回到婴儿
白,一种彻底的纯洁灿烂得无法转述

夜像海浪般袭来

夜像海浪般袭来,盛大的
涌动的昏黑
由丛林内部溢出十一月深沉的风

我在读一本书
我到达上个世纪,会晤伤心哲人的悄然来访

夜像海浪般上升
一种全然的黑暗恍如消失
湿气在雨中下沉,大雾像移动的暗堡
而星空——一种哲学的光明
在空中闪烁又消隐

玉珍 女,湖南炎陵人。著有诗集《喧嚣与孤独》《数星星的人》。

折勒 男，湖南株洲人。

只有感觉

在生命以外，你不属于什么
你可以是一座山、一棵树
或者——一个人
在生命之内，只有感觉

现在，让我们面对着面
努力忆起某种东西
你的忧郁亘古不变
桌子、酒瓶、书，一动不动

我靠在褪色的红沙发里
看你吸烟的姿势，类似哲人
你或者就是我
我或者就是你
云状的烟雾如灵魂出窍
慢慢爬入天空

就像一只杯子

就像失手打破了一只杯子

本来这只杯子就握在你的手中
却偏偏失手了
这不是什么运气的问题
而是那一刻
你根本无力把握这只杯子

就像一只杯子
打破了，变成一些锋利的废物

HUNAN
DANGDAI
SHIGE
DILI

湖南
当代
诗歌
地理
————

湘潭市 ◉

镜子

在透明的相对论里
我看见徐缓的阳光
在古墙上里蠕动
还有我自己的嘴脸

我与街上那些人一样
眼里填满悲哀：那闪闪烁烁的妄想与阴谋
我的手仿佛在抖
像某个真理和主义的叛徒
嘴唇死死叼住一个苍白的理由

从久违的镜中
我看见阳光的鳞爪
在阴影里徘徊
那是我——你——他
渺小的影子

楚子 男，本名周琼，湖南湘乡人，现居湘潭。著有诗集《西西弗斯之死》。

陈哲

男，湖南湘乡人，湖南文学创作基地茅浒水乡负责人。著有散文诗集《山韵》。

山村晨起

天空突然转阴
凉风说来就来
屋后一树柿子冻红了脸
柿子树的第七根枝丫上
两只麻雀叫声低沉
山崁边的神王庙
若隐若现
桂花树倒是执迷不悟
香味一阵阵扑鼻
在风里打个转，润湿了田埂
野猪坳的"刘蛮子"
呼着鸭群的吆喝声
在左耳，准时响起
牛脖上的铃铛是最早的闹钟
晨雨与初冬同时抵达
天亮了
被子还是冷的
我把睡衣脱下，穿上体恤
再披上一件外套
就想
将心尽快捂热……

额尔齐斯河岸

多年来，我习惯这张北疆地图枕梦
它正是我们日夜向往和书写的远方
这片疆域藏有巨大的神奇和纪元
由北向南的水流形成了梳状水系
它们凛冽地涌入额尔齐斯干流
哈巴河。美丽白色的牝鹿 初恋般
投向沙漠中的绿洲，打开白桦林
自古以来都是游牧部落的爱神图腾

它川流不息
它引领着众多支流
克兰河、布尔津河、别列则克河
北疆境内泱泱水域

在海拔两千米的山谷里丝绸般奔流
一路向西北向北
向东北，流经哈萨克斯坦，流经俄罗斯
带着丰富的元素矿物质和众族方言
流入北冰洋……

海上

男，上海市人，现居湘潭。著有诗集《海上短诗选》《隐秘图腾·琥珀星》《时间形而上》《槲》等。

李静民 女,浙江嘉兴人,现居湘潭。著有诗集《劈开流向》《苍天在上》《众生之惑》等。

野渡

比一船沧桑多一亭焦灼,野渡
岸的不眠者
在风雨之下接送风雨
在激流之上等待激流
这始终如一的姿态,对远方
没有半点失望地在这里坚持
这幻想着的野渡,被风雨
淹没了呼声,淹没了码头的形象

它体内肯定蓄满了石头和坚顽
一种没有水质的光焰可以上升
它是那颗星辰,每个夜晚
都想升起又难以升起
这被人怀疑是否安全的野渡
用一亭焦灼难以说明内心
一种无法驱除渡者恐惧的心情
比一船沧桑更为沉重

这日渐荒凉的码头,用一叶横舟
期待着徘徊于渡口的行者,远离犹豫
这些绕道而行的渡者
这些被激流恐惧的行者
使彻夜不眠的野渡焦灼满亭

凌小妃 女,湖南湘潭人。著有诗集《蜃景》。

暗

我来时,黄昏
在屋顶和树叶上抹了一层
淡淡的暗

远处的山水暗了
鸟鸣暗了,我也暗了
我的影子从大地深处走出

与众多的暗合力
托举起,月色的辽阔
与一座城的灯火

雨的印记

一滴水搀扶着一滴水
沿着脉络
挤到叶子的悬崖边

一颗泪噙着一颗泪
是赴死的灵魂
又像是湿漉漉的经文

一边超度
一边重生

离若 女，湖南韶山人。著有诗集《雪问》。

手

我把双手伸进黑暗中
它卸下了白天的劳碌与粗糙
它孤寂，是落光叶子的树。它倔强
指向茫茫夜空

黑暗中它缓缓转动
苦难转动。命运转动。光阴也在转动
远处，夜莺轻轻吟唱
送来抚慰和颂歌

我合拢双手
等待一双干净，柔软的白手套。穿过手
并原谅所有污渍与过错
只对星星作祷告

菊

篱笆。重阳。和墓碑
菊花兀自开在九月

你可以独自痛饮一个黄昏
与南山推杯换盏

也可以站在高高的山头，面朝故乡
折下一枝菊，当千里之外的家信

但你更应该备下一杯薄酒，立于碑前
把黄土当亲人，把头埋得比霜低

荒原

午睡之后，精力充沛
属于一个人的时辰是不够流畅的
常常在某个情节某件事上卡壳
此时有大量的阅读典故出现在荒原里
需要几滴甘露来润色词句
用手指轻轻掰开那些带有磁性的标注
里面有大海，有水手，有教堂，有贵妇人
还有国王、巫师，对弈者与喝了迷魂汤的男女
同时听见坐凳上有流水声
一座荒原在阅读另一座荒原

看不见的雪

天空如此冷
冷得像把刀
黑夜亦是如此黑
推开门只见冷不见雪

雪以花的姿态诱惑我
在年关盼望一场雪
如同盼望电影里那根红头绳
然而雪终究成为寒夜的帮凶
杀伤我眼里的光
让梦迅速枯萎成头上的白发

我知道我老了
无法再从枯枝中焕发新芽

彭万里 女，笔名露西，湖南韶山人，现居湘潭。著有诗集《镜子里的火焰》《屐痕》。

彭伟平 男，湖南湘乡人。著有诗集《窗口》。

草垛

送走金黄的稻穗
草垛
仍忠诚地守护脚下的土地
她梦见
自己变成了丰茂的蘑菇
像伞
撑起乡村的寂寞
农家孩子
在她的世界嬉闹
过家家
捉迷藏
……
累了
倚着她
望着蓝蓝的天

孤独与自由依然并存

想象中的玫瑰与绅士没有出现
我依然一个人
对视窗外不息的川流
没有人看见我
没有人知道我在窥视他们
一波又一波
不管目的地是不是他的远方

孤独与自由依然并存
我可以
在故纸堆里穿行
没想找什么,因为没有想到丢了什么
黑蚂蚁一样的文字下
那些条条点点线线
是我走过的路
不变的初心

泥膜蜕变后想象的美丽没有出现
但我依然在做梦
没有谁知道我在坚持什么
但我依然孤独地在坚持什么
当年琉璃瓦片和今天电视屏一样
保持美丽的弧线,阳光在舞蹈
影子戏后的影子
坚守着曾经的咏叹

谭清红　女,笔名青虹,湖南湘潭人。著有诗集《青红印》。

吴投文 男，湖南郴州人，现居湘潭。大学教授。著有诗集《土地的家谱》《看不见雪的阴影》。

壳

在夜里，你独自品味悲伤
回家的路很深，舌头很深
灵魂没有痕迹　像你回到月亮上去
在我的视野里　不见一颗孤独的星球

那些下降的事物，在空旷中失重
像一层层打开包裹，露出白骨和栅栏
但你的伤痕一层层加厚，像坚硬的壳
小心翼翼地分泌火焰的汁液

黑暗中的词

给我一个夜晚就足够了
我穿越了寂静的暗影
把歌声还给了你

孤独决定了短暂的相遇
我们看到了那么多
却漏掉了泪水的温度

黑暗中潜伏着一个词
它越过了我的界限
托举了你的衣裙

一切都过去了
你留下了
波动的大海

腊洞河，安静地咆哮

是愤怒吗
可是我找不到她愤怒的缘由
这么安静的山野
这么深邃的山洞
这么干净的天空
这么单纯的人
是孤寂吗
人一群群地远去
像候鸟，会飞回来的
树一棵棵地倒下
像韭菜，会一根根重生的
地一块块地荒芜
像时令，布谷鸟一叫迟早会再次热闹起来的
是什么，让她安静地咆哮
像忍住声音的村妇，不让孩子们听到悲戚的泪
摔在地板上发出的巨响

王家富

男，湖南保靖人，现居湘潭。著有诗集《我的河山》《与一朵花对视》。

小猪 女，本名刘棉，湖南湘潭人。

在今夜

所有的时间都集中在今夜
我像是你的一道闪电
是可以触摸到的，也只有你可以触摸
而我的心是碎银般的月光
你的一眼，便会落满山岗
幻照出一片密林

所有的星辰也都集中在今夜
它们有陡峭的弧度
甚至可以感知到风暴的来临
唉，我该怎样向你描述这种深邃的悲欣
人间这么多的美
都不及你的一次俯身，不及
我看向你时的动荡和不安

涟水辞

1

涟水，流经龙城
像乳汁一样
喂养着这里的人
它是龙城的血脉
我是一滴沸腾的血

2

碧洲，像把手术刀
在河心把涟水切开
把自己塞进，又缝合上
于是涟水有了心跳
千年的龙城，也有了心跳

3

三丫在对岸洗衣服
二虎在这岸梭了颗石子
水波最懂年轻人
荡到河心
蝴蝶一样缠绵
恋人一样亲吻

4

涟水边有风景
看趴在石凳上写字的孩子
看划过斑马线的轮椅
看流浪的猫狗，看生灵
有时会碰到四娭毑

巷铃

男，湖南湘乡人，本名赵向林。追逐文字的人。

带着一副嘶哑的嗓子
来喊她三十年前从这里跳下去救人的崽
以前喊"得冇良心",现在喊"要投个好胎"
眼里的风景,有时会不惊,有时会蹂躏眼睛
涟水,是龙城的一行眼泪

5

河边风大
涟水边的一堤银杏
吹了大半年才黄
叶子落在褚公祠
褚公祠一夜就黄了
就如这日子,看起来长,过起来短
回头再看,就是一生

6

在金黄的褚公祠看涟水
人在逆行,车在逆行,鱼在逆游
万福桥上的风筝
逆着风,在天上飞
飞得高了,扯都扯不住
不飞高些,这世界太拥挤
有时怎么也分不清南北西东

7

涟水清,清如镜
鱼在里面游,看得清
人在里面走,看得清
就连镇湘楼,五层的外貌
内心的九层高塔,它也看得清
世间的秘密,不用说,涟水都知道

水府庙拾贝三题

颜强 男，笔名烟仔，湖南湘乡人。

水府

传说中，这是龙王居住的地方
宽阔的水面下藏着一座龙宫
里面有举着叉子、棍棒的虾兵蟹将
背着寿字图案硬壳的龟丞相
还有琳琅满目的奇珍异宝
无数条体积庞大的不知名的鱼游来游去
时至今日，我仍深信不疑

庙

一个承载着深厚文化底蕴的文字
护佑着此地的万千生灵
它究竟在水的这边，还是那边
我多次沿着河寻访
一个打鱼的老人告诉我
每当南面响起惊雷
北面刮来狂风
便能隐约听见天地间隐隐的雷声

山和水

山前有水，水在山前
一位戴着庄子巾的老道士念叨
山为阳，水为阴
山为实，水为虚
山为刚，水为柔
山是男人，水是女人
我们只是此处游荡的魂魄
终归会三魂归山，七魄归水

邹联安

男,湖南龙山人,现居湘潭。著有诗集《流浪的情歌》《爱的疼痛》等。

一滴泪的隐喻

一滴泪
从月光中掉下
砸向记忆的伤口
思想的泥石流
顺势而下
从此,悲剧卷土重来……
一滴泪
在你我之间逗留了很久
今夜轰然滑落
所有的故事
都摔成了重伤
剧痛,在诗中发作
在身体与灵魂之间叫嚣……

假牙

他老了
在一个特定的日子
卸下了假牙
然后
用最优美的汉语
洗掉牙垢

另一名
将老之人
张开了牙床
一种机器
将这幅洁白的假牙
再度装上

病句在诗的皮肤上

病句在诗的皮肤上
空气叠起来,寂静开始兴奋

一个人在书上翻开自己
他听到,书
翻开书的声音
他被书中的自己吓哭了

诗在纸上躺着
那些被空气叠起来的寂静
一层一层地飘进黄昏
它迟缓的动作,让
夜晚的等待显得更加孤独

展现在远方出现

展现在远方出现
骨头,硬得像
最后的液体
血流过自己的种子
暗影在暗藏上发芽
发出声音,像
火焰的嘴
吞咽燃烧

曾庆仁 男,湖南长沙人,现居湘潭。著有诗集《风中的肉体》《庆仁诗选》。

朱立坤 男，湖南湘潭人。著有诗集《飘零的百合》《逆向的月光》等。

悼词里的故乡

今天十八点五十七分
老家枇杷树上
栖落的
一只斑鸠
为我不再喧嚣的
明天
念最后一页
寂寞的悼词

我将回到故乡
可故乡是哪一张熟悉抑或
陌生的面孔
还是哪一棵
棵枯萎柳或繁茂的
苹果树
我早已忘记
满口的乡音呵
如今已疑结成
英子远走他乡时
那张
无垠的背影

日出

一觉睡到了清晨
身在山里的感觉还是挺不错的
有鸟鸣,有溪水淙淙
无需爬山看日出
我闭着眼睛已经能感到房间的光线变化
现在,一定是太阳在冉冉升起
或者,正在彩霞满天中蓄势待发

走召 男,原名魏超,湖南湘潭人。

周敏 男，湖南湘潭人。著有诗集《人生路上》《诗品三国》等。

我的腰间晃荡着钥匙

与油腻的腰身匹配，是这么一大串钥匙
它们发出的声响，比我的腰椎间盘更加突出

它们与锁孔发出的声响，正所谓
天衣无缝，我的腰间似乎也挂着一把
沉甸甸的锁

它们集体在我的腰间晃荡
时时为各自的锁孔待命，又各安其命

我的左腰习惯了它们的碰撞和摩擦
我的右腰没有这样的财富和负担

春江花月夜

此处的江，指湘江，即我家乡最大的
一条河，二十岁的时候我跨它而去，三十岁开始
依它而居，听它所言，夜夜不息

春夜指今夜，并无月，并无歌，无扁舟远去
无思妇，无千年之前捣衣之声

若虚兄，所言非虚，好一番借景抒怀
我也不假，与他隔河相望，渡千年之水
却无飞霜，无鸿雁，无万般离愁

童年往事
——忆母亲

月光很亮，很亮
砂土马路像铺满了雪霜
母亲的脸发白
似乎从来没这么白过
牵我的手不如往日温暖
微微有点凉
她去借米
让我陪着走一趟
一高一矮的身影
明晃晃
山峦、房屋、树木静默
只有寒蛩偶唱

一个初冬的晚上
母亲把我从床上拽下来
带到厅堂
桌上放着一把荆条
她坐着，生气地责骂我
数落我犯的错多么不可原谅
突然，她滞凝了一会儿
——我的赤脚
吸引了她的目光
"我还没死，你就打赤脚"
这句话她重复多次
我没有领会到她的暗示
像一只发呆的小羊
她叹了口气，说：
"去睡觉，明天再和你算账"
她从未打过我

赵叶惠 男，湖南湘乡人。出版有作品集《树林》、诗集《梦乡的通行证》《平易行吟》等。

这唯一可能的责打
草草收场

令我惊恐的是母亲的手
皮肤粗砺，手指粗壮
冬季皲裂一道道伤口
黯黑中露出猩红
动一动就渗出血珠
时不时的冷水浸泡
犹如雪上加霜
夏天仍旧可见刀痕般的
一条条黑色印记
那时我常想
母亲的手像山坡上那棵
巨大松树的皮
黢黑开裂
孩童用刀砍破树皮点火玩耍
留下伤痕累累、松油滴淌

如今，我在她的墓地
栽下碗口粗的松柏
每次抚摸粗糙的树皮
便酥软了心肠

HUNAN
DANGDAI
SHIGE
DILI

湖南
当代
诗歌
地理

衡阳市 ◉

蒙马特的局部

它的个性改变了南来的塞纳河流向。它把头
昂起来，五光十色的巴黎就低下去了

春天，薰衣草簇拥着一条条小路
抵达古老的彼埃尔教堂。那里住着晚钟
会唱歌的鸽子

这时候的皮嘉尔广场多么热闹
热爱生活的人聚集在这里，他们跳舞
喝酒，肆无忌惮地谈情说爱

这时候，只有手握画笔的毕加索是孤独的
他辽阔的内心，散落着花盆里的瓜叶菊
葛乐蒂的磨坊，劳作的农妇，一阵紧似一阵的秋风

毗卢之境

山里还有更深的山。每一条小路
写满暗喻，有缘之人
都可能接近传说中的神仙

风带着隐语扑面而来。清凉阵阵
衡山神秘而辽阔。蝉鸣激越
这些高处的歌者，永远清一色的梵音
"一切终成过往。勿如放下"

石头般慢慢长大的树，寂寥
如星辰。在不知道生死、轮回的
晨昏和四季中起伏

陈群洲 男，湖南衡山人，现居衡阳。著有诗集《灵魂的蓝皮书》等六部。

法卡山 男，本名罗诗斌，湖南衡南县人。著有诗集《夏日》《时光博物馆》。

有一种人或鸟
——读周梦蝶

写诗与不写诗，有何区别
文字上的苔藓，远比武昌街上的小书摊
更倔强，关闭了欲望之人
活着，像雨，有滂沱的悲伤
你的舌尖，有咸味的禅，李白或杜甫，鸟或人
过去或未来，都不过是孤独国的一个词根
或史册上的风声

无赖至极，就蘸着苦咖啡，读一页页枯瘦的日子
那薄薄的幸福里，有自己荒凉的倒影

意外

那么多不争气的月光
硬要从虚掩的门缝里
挤进来——
结果
被捆得严严实实的狗叫声
咬伤了吧!

红颜

她把一枝
睡死在诗人窗台上的血玫瑰
含在月光的嘴里
嚼而
不咽

只用自己牛乳般浓郁的温柔
洗它枯萎的
笑容

郭密林 男,湖南邵阳人,现居衡阳。著有诗集《密林诗品》等。

胡勇平 男,笔名胡勇,湖南湘乡人。著有诗集《异声》。

今年花开

三月,桃花花开
你笑着不语
脸上有花开的样子
我知道你是没有声音的
像一把断弦的吉他
比如今夜,为我清唱桃花谣
踱步无雨的江南
盼着
在西湖的断桥处相逢
可断桥黄昏还是有把雨伞才好

观察一只跌落的蝙蝠

一只不幸跌落的蝙蝠
挣扎着，翅膀做起飞状
但终究没能飞起来，血红小嘴
有着老虎一样的残酷，它的哀叫
如飞出的根根银针

这种唯一能振翅飞翔的哺乳动物
一旦跌落，生命就到了尽头

李志高 男，笔名林隐，湖南祁东人。著有诗集《生命的石头与火焰》《心脏现在时》等。

李小英 女，笔名安琪英子、枫子，湖南衡阳人。著有诗集《蝶舞》。

我的灵魂是多年水生的芦苇

我的灵魂是多年水生的芦苇
伫立在潮湿的浅水中，形成婀娜一簇
世界很大，我真的很想去看看
比如爱尔兰的都柏林，意大利巴里皇家美院
新西兰激流岛……都在我的体内纠结
而有时又彼此贯穿，相互融合
但我又听很多人说：国外治安不好，经常发生命案
于是，我便接受了现有的一切
活得有棱有角，在适当时学会放弃
在我们生活中，在一些空旷的地方
未必有野趣横生的芦苇
我是多年水生的芦苇
我有绽放属于自己的美丽
比如："白鸟一双临水立，见人惊起入芦花。"

悬念

走进桂林
诗者是个悬念
更有握不住的好时光
纸的时代书店，那么多诗人
等候被阅读，被理解……
譬如《灵魂》《在雪地里》《将进酒》
这些都是深入骨髓的诗者
在漓水人家，也是个悬念
譬如：打铁，推磨，飞锤榨油…
我们用尽全身的力气
只为提取童年美好的点滴

暮色

夕阳在静逸中缓缓放下山岗河流
暮色开始圈养无际的辽阔
山河不打死结，多少离愁被篡改
此时，爷爷弓着腰爬上田埂张望
慈悲与疼痛俱在，沧桑也在
孙子还在池塘边抒写《山海经》
试图修复精卫填海的补丁
黄昏歇在村头，夕烟催人归
而千里之外的父母刚从工厂出来
疲惫地遥望故乡，像是等待命运招安
暮色四合，月亮还未动凡心
正好可以覆盖大地的伤口
多少人在阳光下白头
就有多少人渴望在暮色中回家

冷燕虎 男，湖南祁东人。

宁乔 男，本名宁建军，湖南衡阳人。

下午

整个下午，我们都在
说起父亲

像月光下的一块漂浮物
落在病床上，抓住细长的滴管

有时，我们会陷入长久的沉默
仿佛世界，存在于一个偌大的虚空里
只有仪器声
嘀——嘀——
响在空荡荡的楼道

有时我们就像，掉进水缸里的
几只虫子，被暮色，一点一点吞没

山下灯火连绵

黑暗飘落，像海水，从四面八方围过来
崖涯边。小草，石头，一朵黄绒绒的小花
默默抱在一起，仿佛是流落在这里的三兄弟

风暴虐的刀子，从正面、侧面砍过来
也许它们感到了痛，嘶哑着喊

那年冬天。我爬上山顶
山下灯火连绵

世界真大呀。我感觉
整个身体飘荡着，成了它们的第四个兄弟

中年辞

必须接受这持续的湿寒天气
必须接受,在一场突发的疾病中
溃败得一塌糊涂的生活

小心翼翼,像高空中走钢丝的人
咽下高处的寒冷与恐惧,经不起
腾空的双足,在疾风中的一个趔趄

依然怀念村庄的炊烟与月光
在被失眠磨损的夜晚,放任思绪
反复播放一段温暖的默片

向一头牛学习温顺与隐忍
低垂头颅,一步一步丈量大地
嚼着青草,一脸平静的模样

宁朝华 男,湖南衡南人。

聂沛 男，湖南祁东人。著有诗集《天空的补丁》《无法抵达的宁静》等四部。

一个人翻山越岭

为了让身体觉醒，他走了很远
尽管找不回什么，但可得到安慰
一个人翻山越岭，不是旅行者
也不是行脚僧，只是可怜的灵魂
在大地上的一次漫游，并深信
你在夏天爱上的雪花，到冬天
就会变成深蓝，能怀抱虚无之海
从阿勒泰到福州
那东西对角线，他徒步斜穿中国
像一颗子弹击中我们平庸的心
我哆嗦着划燃一根火柴，想把
白昼点得更亮一些：这尘埃之轻
因为被生活剥夺了太多的自由
你的人生，已经如同另一种虚构
遥想起长城与运河组成了大地
一个巨大的"人"字，曾经，走"人"字
是诗歌徒步者的一种伟大传统
我看着他们的背影着迷，落日的
余晖里，史诗是那样唾手可得

都市之梦

一个影子压在心上
反反复复感觉着重量
伺机而来的梦
见缝插针
一点点挤占
整个房间

谁的手,一把掐住心头
刚冒的芽尖
不知不觉中摁灭所有的欲念
孤单,寂寞,无处躲藏
怕顺手一抓
又惊扰一夜的失眠

唐军林 男,湖南衡南人。著有诗集《你站在河边》《扯不断的乡音》。

朱弦 女，湖南衡阳人。

第十一株月季

那一季绯红
贯穿秋日的炎凉

池塘与远山铺开一地落叶似的
悲伤，盛夏居于幕后
麻雀扮演戏中主角，昂首
兴叹夕阳红，青山缺

苍白不过是逝去的代名词
徒留一夜黯黑，漏出微光
和碎过的慈悲

HUNAN
DANGDAI
SHIGE
DILI

湖南
当代
诗歌
地理
————

邵阳市 ◉

底片

看一棵黑色的树，它张着
巨大的伞盖，果子在黑夜里发光
伞下的眼睛是透明的
正穿透岁月的光芒
而光芒像雾气密布
小鸟飞在空中
啄一朵生病的云，风儿发出喘息
旋转着上升的几片叶子
这一切，试图与过去的我们建立联系
日子，都写在逝去的文字里
我们依然通过脐带
与母亲血液互通

窗外 女，原名刘群力，另一笔名：害虫，湖南洞口人。

铎木

男，本名张泽欧，湖南邵阳人。著有诗集《烛灯不灭》《夜，裸露的呓语》等。

一种假象

低了点，如果再低点
我便拥有了你的呓语。多年后
想到泥土和瓦砾，想到煅火中的哭诉
呈现的废墟……

百灵鸟还是从前的样子，它学会了
容纳，比如
季节带来的谚语、种苗
梅山抹不去的影子……
"真不该让一件往事陷入往事"

但我得到了暗示，如浸泡页岩后的秋风
它不敢从一只鸽子旁经过
当然也有一只雁鸟
它们为这些虚假的泥土歌唱

之后，你会想到我
如同此时我正在想念你……
好像，端午节中午的一桌鱼宴
被诗歌敲痛了的河流
这绝不是祭祀

一小捧

慢慢的，只喜欢一些轻巧的，适合于
放在掌心的东西：一颗热鸡蛋
单片旧钥匙，一本 96 个页码的、小 32 开的书

有时候走神，干脆把自己落在那里

早起的温水多好啊，洗脸，也洗心，我躬下身去
满怀欢喜。就让它们那样子一捧，一小捧

范朝阳 男，湖南邵东人。

郭薇 女，湖南新宁人。

你只在我梦境中歌唱

如果在梦境被泼雨之前
你不能用一支歌敲醒我的窗
一支朦胧的、只为我而作的歌
如果一切的风
只在这里先后解放
我梦境将还给我
一床芬芳的叹息

你只在我的梦境中
你不是真实的、一支歌也不真实
可是这忧郁、缓慢的歌唱引诱了除我之外
蝴蝶、杏梅、神秘的梦境精灵
除我之外或是单单容纳我都不得不使我
以被爱者的身份自居
我的梦境消失
在一支歌结束时
一支朦胧、只为我而作的歌

留下一枚很美的印章

我来，不是冬播
用三千页书稿买不断湾塘村的水声
蒿草仍然活着
笑得和夏季一样葱绿
踩着这片土地
文字从没有在小江河停止呼吸
燕子嘴甜却从来不和湾塘村共患难
蝙蝠虽丑但能和湾塘相依为命

湾塘村的冬天
北风是最美的语言
田野冰雪覆盖
罩不住青蛙的美梦
大雾迷茫柳丝的眼睛
小鱼听到了柳丝的相思
企盼春天的阳光早日复活
我也有这种渴望

时间像一台旧拖拉机
把我的少年拉入城市
等我穿越盛年的围墙
又把我的沧桑栽回
我从不恨，也无怨言
若是失去湾塘村的田野
种田人就会断了五谷杂粮
我也成不了乡土诗人

辘轳仍然是北方的故事
湾塘村还有人摇出地下水的欢乐
我的命运和湾塘村无关
但一定为湾塘村的后人留下一枚印章

黄复兴 男，湖南邵阳人。发表诗歌一万多首，出版诗集《邵阳风韵》。

李春龙 男,湖南邵东人。著有诗集《白纸黑字的村庄》等。

煤油灯多么公平

1989年—1992年
在双凤中学读寄宿时
经常停电
上晚自习我们习惯
四人围坐一盏煤油灯

一盏煤油灯多么公平
把光均匀分成四份
偶尔大风吹来
煤烟熏黑了玻璃灯罩某一面
马上取下来擦干净
以确保不饿坏任何一双眼睛

捡月亮

天色暗下来了
我要到屋左边的小竹山去了
藏在一堆竹叶里的一个小秘密
只有母亲和我还有那只黑母鸡知道
差不多一天一个
我在云堆般的竹叶里捡月亮
那雪白的光
有点烫

小村

风从树叶上蹲下来
从草叶上蹲下来
一切归于平静
平静地,看鸡鸭进笼
看星星跑出来

一天的生活收拢来
扎紧,藏进夜色
灯亮了
生活开始反刍
生活的残涎喂饱了
猪、牛、猫、狗,还有哭鼻涕的狗娃
月亮催眠,进入梦乡

隔壁家的鸟在树杈上
絮窝
当月光抚摸到窝的深处
灯,熄了

林目清 男,湖南洞口人。著有诗集多部。

迷子

男，本名黄华生，湖南邵阳人。著有诗集多部。

一个人的空山

四野寂寥，如果不是
一群冻鸟的闹腾
我以为，这世上就只剩下我一人了
山坡上，白象背负经卷朝山顶走去
心头忽然传来咯吱的声响
不知道，又是哪棵树的树枝
被轻易折断
而我豢养的狮子和老虎
仍在丛林深处打盹
我的闯入，恰巧惊起
一枚一跃而起的玄铁
尔后，它便来回
在山峰之间为众树剃度
我曾记得它有一对锋利的钩子
让一只野兔度过了生命中
仅有的一次短暂飞行旅程
如今，我看到它
再也静止不下来
一直在天边晃悠

旧物

博物馆里挂着前生穿过的衣衫
它依旧包裹着被蹂躏的肉身
而骨头,早已出逃
爱过的彩瓶釉罐、竹简与凤钗
一并陈列在灯光之下
我曾被那个时代休过
青铜的香鼎内,残留着休书的灰烬
隔着一扇玻璃和几百个年头
那些血迹还如此明显
当年,一江驿动的春水
被错乱地抛给了现今的某个男子
现今,我的骨头再也无法顺着那江春水
游回到这一件件旧物里

风在林子里忘返

没有雪,暖冬的木叶传来风声
前些天杏花已开始打苞
与回头客共品一撮茉莉
吉他响起,青年弹唱六合民歌
我过于沉沦对面的滔滔
就这样,一直到晨曦初绽
身材纤细的香烟已经在缸内多次倾倒
而火光在门槛处徘徊
看似平稳地堪堪遮住骨子里奔腾的老虎
树桩的圈,交接处也是岔道处
多么悲伤的时光,必须让红叶暖身
右耳听到回归的号子,一而再地在异地书里呜咽
穿林而过的骑士,又欠下一个结尾

平溪慧子 女,本名刘慧,湖南洞口人。著有诗集多部。

素素 女，本名许艳芳，湖南武冈人。

赴一场古村的约定
　　——城步长安营游记选

1

时光藏在旧篱笆，继续被流水怀念
我们是周末闲暇的意外
春雨有新意，却沾染了古旧的凡念
当青石板路和旧木楼阅读彼此
当浮云和风都屏住了呼吸
当我瞬间莫名陷入这场虚惊
没有疑问，在古树下沉睡的火山深处
你的味道正逾越此刻沉默的简陋

2

用火喂养的草木
在风声里丈量时光的脚步
唤醒苍茫起伏的群山
以缓缓的律动迎接我们
雨水冲刷过的石缝，仿若洞箫
奏响时光的余韵
断茬的岩石碎片裸露出时间的骨骼
孤傲而卓绝
我该用怎样的步伐后退或者前往
才能触及你历史的平仄
风遣散眉间的聚拢，我们一路奔赴
为一个村庄古老的约定
用尽一截暮春的余光

3

卸下千年杉树肩头的暮光
每一根枝丫岔开我们的记忆
你灰白的长裳缝补着老时光
念旧的人默读石碑上的词牌
桥下流水如光线
绕过遮掩世间的迂回曲折
我喜欢这种迂回的感觉
左面追逐，右面逆流
木楼依旧飞檐翘角
企图挽救现代文明劫数的遗憾
移动我们的脚步
不要轻易抖落青苔上的长风与积雪
用一朵流云的补丁
弥补我们指间划过的失落

4

空气比蝶翼还轻，不动声色
将暮春推向初夏
五月的长安营
收拢体内翅膀，藏在大山深处
依然静寂而完整，没有界限
没有界限的古村落里
有许多人依旧在前行
衰老弥漫在风中
讲出的故事带着柴火的烟味
牵引着赴约的人
在老屋角落的蛛网里
布好十面埋伏，坐上一枚露珠
继续这一场寻找自己当年的旅程

唐陈鹏　男，湖南邵阳人。

黄桑秋行遇雨

与石阶并挂在陡崖上的是六鹅洞瀑布
这是一片巨大的鹅毛在天地间倒悬

踩着石阶，我们一步步往下沉
还未到谷底，鸟就开始四处飞散
许是它们早已从苍茫的水声中
叼出了几粒陌生的跫音

突如其来的雨声瞬间就将瀑声浇灭
谁也没有带伞
但古树已经撑起了天空
我们背靠着树干
雨滴每敲落一片树叶
就好像背出了一句佛经

而峡谷里的世界依旧广阔
在树木撑不住的地方
山水齐奏，只闻雨声

沉默

下午三点钟。小女孩
在山坡新培的土堆旁睡熟了
越垂越低的云
仍未擦掉面颊的泪痕

此时,一溜排列高压线上的麻雀
集体沉默
田角微仰的农药瓶,也已沉默

寒潮

婉转的鸟声渐渐飞离视线
余音留在听觉里
树枝上唯一的一枚黄叶念叨着孤独和冷

此时,邻居王二的女儿
正用纸条粘贴开裂的柴门

伍培阳 男,湖南邵阳人。著有诗集《现实与回忆》《四季田园》《心迹》《乳名》四部。

王唯 女，笔名梦娴，湖南邵阳人。工笔画家、诗人、网络小说作家。

看花

家住四楼，房间窗口正对院中
一株白玉兰。每天早上梳头
习惯看看它，数数花朵

从满树繁花到只剩两朵
她用了五个月，之后一直举着
两朵不合时宜的白

我天天地等，算她凋谢的时辰
今早一抬头，发现她正踮着脚
数我鬓间的白发

狗尾草老了

隔着篱笆斜影，静立
一任阳光冷暖，从周身
穿透视野；疾雨缓急
一直不曾打湿一份忠诚
吠声，早已咽下喉结
如同，我寻觅不见你深藏的眼神
可你，还是看见
原野上的苞米金黄高粱紫红
借一缕秋风划过，将自己的尾巴
摇曳得酷似一个弯腰的谷穗
这个季节走远的时候
你老得垂下了尾巴
那个傍晚，在捡回的柴草中
侥幸，发现了你的坚守……

蜻蜓

薄翼透明
哪怕人稍动一丝歪想
它也能未觉先飞
却忘记了
一个天真无邪的童年
会假装成呆木头的样子
一步一步地偷心
最后轻易就捉住了
这个敏感的夏天……

夏启平 男，笔名碧泉（海），湖南邵阳人。著有诗集《我并非一无所有》等。

袁姣素 女，湖南洞口人。著有诗集《素爱》《风动》《月亮的指痕》等。

沿着秋天

其实，你并不孤独
我在一夜又一夜的黑暗中
窥视
那时时蹦跶出来燃烧的火星
跳跃，沿着秋天

莲在月色下着一袭青衣
她用一块素净的布
将我们层层包裹
我们捧着同一颗莲心
流泪，那份掩埋在泥土深处的苦楚

沿着秋天
天地一线的金黄
消瘦，一粒稻谷写下诗歌

一条灌满水墨的巷子
飘出
晃动的经幡
长长地，长长地
缠绕住整个秋天

蝉

阳光是你的巫术
你是那细腻的毛毛虫
儿时的香椿上
住着一大堆这样的诗人

毛毛虫是诗人
就和蝉一样
我见过那些蝉
小不点儿的个头
叫声异常凌厉尖刻
夏日的午后
我常常被它的歌吵醒

它们总是高高在上
娇柔地朗诵诗歌
你不知道它那神气
矜持又美丽
它的触角是八卦的图案
这是作诗的利器

于执立 男,湖南隆回人。

张雪珊 男，湖南邵阳人。著有诗文集三部。

红枫

我笃信，这些泛着红晕的精灵
一定浸润过无数冷雨
还有厚重的冰霜，附体
像一群超凡脱俗的仙子
伫候财神路两侧，遗世独立

冬日暖阳下的身影
晶莹。剔透。脉络清晰
倒映出童年的荒芜
以及青春的沉闷与隐忍
淬火的清纯、唯美，婉约
恍如隔世。让我惊心动魄

左侧，是正在修葺的集仙庙
右侧，是即将拆迁的房屋
岩石上，站着更高的红枫
以一种无法破译的神谕
在喧闹中，达成静谧的默契

HUNAN
DANGDAI
SHIGE
DILI

湖南
当代
诗歌
地理
————

岳阳市 ◉

夏天的幌子

夏天的幌子
是三十六度
上下浮动的体温
是无声的犬吠
是隔夜的蝉鸣

是一把刀
一把可以切
很多很多西瓜的刀
一把
可以切很多很多年的刀
一把
插在心脏
等很多很多人
等很多很多年
都没有腐烂的刀

有很多东西都很柔软

有很多东西都很柔软
海绵枕头
真皮沙发
远方的夕阳
情人的眼泪
或
小孩轻轻一句
爸爸,你现在有空吗

彼铭 男,湖南岳阳人,现居长沙。著有诗集《留一盏灯》。

成明进 男,湖南新化人,现居岳阳。著有诗集《望了昨天一眼》。

饥饿者

我是一个饥饿者
用饥饿的目光横扫稻田
每一粒稻子都是
人类的解药
每一粒稻子都生长亲情
我是一个饥饿者
被饥饿的文明喂养

灯自己是伤痕

这一回轮到黄昏苍老
漫山遍野亮雪
尚未走脱的秋天,竖起衣领
等一个谁

屋子里,这屋子很红色
炭火照上墙壁
默默地守着过冬
黄昏深入又深去

在黑夜,灯自己是伤痕

暮雨

夜暮之书读倦了，文字是天上的云片
随意翻过一篇，半生足以萧条
天晴时点上落日这只巨盏
光线有七十二般变化
夜暮仪态万千，堤边人语不再
鸟语从烦琐的枝叶中激烈地射出
这一日我无暇东顾，回忆的惯性
让我付之一炬，这一年旧感情催芽
借着暮雨复发，桃花山下
我点种得腰膝酸软，独自叹息
鸟巢盛开，诸多婉约派演完曲目归来
暮雨写着密集的忧思
我守着自己的敝庐，倾听一只斑鸠
幽邃的鸣叫，仿佛从我的梦中飘来

曹利华 男，湖南华容人。农民诗人。

冯六一　男，湖南岳阳人。著有诗集《返回》。

羊

一只羊
望着瘦月
青草
漫过去
又漫过来
一声"咩"
浓密的草
闪出一条小道
温柔的羊
就走了
月落时
善良的羊
为一个女子
让出了自己的衣裳

喜鹊

一只鸟
飞不到哲学的高度
只能唱
一些民间的歌谣
很简单的鸟
在树枝上构成一幅年画
鸟在窗纸上
灵气十足地一叫
母亲便朝着村口
不时地张望

落纸烟云

洪钟把人间悬挂起来
捕捉并收纳祝福
风作为刻刀,刻下梵文
此刻,金属的沉闷声变得悠扬

崭新的碗里可以是酒
也可以是米
此时是落纸烟云
是远古的曾经

回声的过去,倒映出影子
端起一杯白开水饮下
雪解除咒语

金牛穿过空荡之地
佛在犄角上挂一篮果
子夜于是多了好多巷口

黄鹂 女,原名黄雍慧,岳阳汨罗人。

江春芳 女，湖南岳阳人。

暮春，小集成垸

我们穿过泛青的阳光
招摇的芦苇和绅士般的意大利杨
穿过自己新鲜无比的身体
蝴蝶和蒲公英相互追逐
我们的脚印配合着牛羊的脚印
小集成垸，传说中的湿地
静谧得使人晕眩
仿佛我们随身携带的谜
和偶尔从树林深处传来的暗号
春天即将从原路返回
到处是潜伏的情绪和冒昧的打探
不知名的鸟儿一飞而过
带走了季节交替的神秘感
湿地仍在坚守。它握着春天的遗物
散落在我们的呼吸里
暮春，在小垸上
我们各怀心事，像一群流浪的天空
那些毫无防备的诗意
穿过所有透着隐语的事物
第一次涌入这个四周
除了水还是水的地方，浩浩荡荡

生锈的锁

两个小铁环
被一把锁锁在一起
它们都锈迹斑斑
像三个患难与共的小兄弟

门还是裂开了一条缝
门上的红漆也开始掉落
风从那条缝里
流进去
它读到了很多孤独的词语
那把锁的钥匙在哪
还能打得开这把锁吗

那两个小铁环
是门戴着的眼镜
至于它看见了什么
只有风知道

姜灿辉 男，湖南岳阳人。

李冈 男，湖南平江人。著有诗集五部。

泥坯

我关注的，不是有多少色彩被揉进泥里
而是比色彩更丰富的对话
就在一层泥后
呼之欲出

甚至，我还听到了越来越近的吟唱
附在一个朝代的坯子上
一团泥不足以改变忠奸善恶
曲与直只在一念之间
我不相信重生，但我不得不相信
昨夜，的确有人弃了马车
披着火光，抵达我们的村庄

疯狂的石头

电锯与挖土机,驱赶着朴实的
石头,它们本在地下
悬崖削壁,唯飞才可以抵达
却,没有谁给它们以翅膀
飞不起来的石头,飞起来
除了绝望坠毁,还能怎样
剧烈碰撞中,极个别成为鹰
成为鹰,是所有石头的榜样

老人和他的泰迪犬

早上六点三十。晚上七点半
春夏秋冬。风雨无阻,一条泰迪犬
与一位老人;或一个老人
与一条泰迪犬,总一前
一后,经过这个拐角

他们会在那棵梧桐树下稍做停留
即使那棵梧桐树早已不在;停留
依然,仿佛被装进程序

之前经过树下的常常是两个人
后来经过那里的,却成一个老人
和,一条泰迪犬

偶尔,我会与老人聊上两句
他不止一次地,告诉我
他的兜兜,已经十岁

吕本怀 男,笔名清江暮雪,湖南华容人。

刘创 男，湖南华容人。著有诗集《梦见野马》《从楚国出发》。

楚语

艾蒿如一个素衣乡绅，还有菖蒲、芷和蕙兰
这些楚国水乡的原住民，聚在一起
像一些无家可归的人
它们有话要说，想说出被春风追赶的细节
想说出它们如何困守楚地的沼泽
（这湿漉漉的土地，太阳怎么也晒不干）
说它们看见子夜的涟漪和寂寥的闪电
看见晨光中的露珠，如何从芰荷滑落

它们想说，萤火虫是水边植物开出的花蕾
一点点的光，就足够照亮楚地的低语
它们从归隐的子规那里学会了俚语
听子规如何在深夜，将半句楚语呛在气管里
不停地咳嗽，一声声，楚啊，楚啊

闪亮的楚语，随意晾晒在东篱上
艾蒿菖蒲们想说出，浅蓝色天空下
一群飞离的玄鸟，像一道隐匿的伤痕
想说出独角的青兕，如何蜕变成憨厚耐劳的水牛
它们想说出，那些缓慢或湍急的流水
如何淹没无名的野草，和一个矜持的背影

无数消逝的事物被它们说出来
现在它们想说沧浪是汉水的上游
它们说出清浊两个字的时候，已是白露
它们站在秋天的霜里并不转身，渐渐憔悴枯槁
守候清风的艾蒿，沉吟了好久，把自己点燃
用一缕青烟，在楚地驱邪，自信地发言
用中药的芬芳，与楚人的穴位巧妙地交谈

冬日芦苇

那些无人收割的芦苇
在洞庭湖滩
萧瑟成一道苍凉的风景

芦花雪白在枝头坚守
那一低头的温柔
是温暖在无尽苍茫里的最后期盼

它们在风中轻歌曼舞
在风中梦一般呓语
在风中慢慢摇落羽毛一样的叹息

从青葱到白头
岁岁年年的疯长
如今只起伏着凉风漫卷的波澜

多年后相聚
我们不约而同,想着去看芦苇
在芦苇前相对无言

这无人收割的芦苇
多么像我们无法收割的爱

李海英 女,曾用笔名冰雪、网名深谷悠兰,湖南岳阳人。著有诗集《情人结》。

戚寞 女，湖南岳阳人。

黄昏记

飞鸟轻啼，夜虫嘶鸣
豌豆在不远处开花
玉米早已抽穗

并不需要言辞
树木绕着湖水，小路绕着树木
微风送来的炊烟又慢慢散开

在林中来回穿梭
水库中的天空缩小
一片撞入林中的灯火
却将我拾捡，送回人间

新墙河颂

破水而葬的先辈们
被安葬在河畔

大水起兮，冢沉没于水
大水落时，冢屹立河畔

后人筑堤、放牛，在下游饮水
以河水浇灌庄稼，饲养牲畜

几棵被河水盖住树根的杨树上
栖满了洁白的鹭鸶

苇花白

立冬前，那些骨白的苇花
寒风里小弧度地踌躇
中空，静如洞庭沉寂的内心
鱼的咳嗽
震落了锁骨上一段落霞

一浪接着一浪
牵起长江的开阔与浩荡
这柔软的反骨，让
流年中的隐痛
一半被流水带走
另一半沉入湖泥
接着，用一冬的沉思
顺应并不遥远的春风

坚定的白
白如界碑
用白来顺从刈刀
顺从土地和规则
能留，就留两株吧
留给踉跄的孤雁

宋北丽 女，吉林人，现居岳阳。著有诗集一部。

拾柴 女，本名徐燕，湖南华容人。

酩酊之诗

雨水自屋檐而下
像我曾经遗忘的台词
又一次得到了原谅

思南路，一道酩酊之光
炫耀着我从未见过的悲伤

叫不出名字的生灵
泊在人类餐桌上
眼角微垂，有如一只夜航的鹰

透过它青色的翼
分明瞧见

无从举证的鞭子
开始慢慢细如箸筷

试探着
我们是否还能发出
轻薄的叫喊

醉美张家界

推开漆红的楼门,我寻着溇澧
跃入一盆绿植
缆车颤颤巍巍,凌波飞渡
老烟枪掐灭贪嗔
深吸一口灵气,天地
开始肆意泼墨
盎然,满目是未干的
五色颜料,滴答,滴答
落进酒里
梁夫子,欧阳生,"将进酒,杯莫停"
扑通一声坠入云雾,弥漫
一道风景
将肉身砥砺路上
放灵魂酣睡溪中。我
醉倒在这神之乡,用一个世纪来
醒酒

冬天

冬天到来,我开始回味
像两朵枯叶
热切相拥,渐渐融化
神在空中望着故乡,降下
雷霆、雨露
我的爱人,你也许
曾是我万千的小心思
就像一百天前
路过那家报刊亭时,眼角
迷住的一粒风沙

沈祁士 男,湖南岳阳人。

吴磊 男，笔名石到中年，湖北蕲春人，现居岳阳。

用黑字缅怀自己

习惯在一张白纸上
用几粒黑字缅怀自己
连标点都舍不得用
并不是小气
而是生怕把自己
写成断章

往往写着写着
夜便黑了
白纸会有情绪
我知道
它蕴藏着的千纸鹤之魂
蠢蠢欲动
等待在至黑之地起飞
总会找到一处明亮之所
平稳着陆

君山记

她养鱼,她种稻。她的芦苇荡
有春汛,也有渔火

传说仍旧压弯了井口边的柳枝
一群翅膀把洞庭
细细梳理。湖水沸腾时
春天三起三落

她种茶,也种葡萄。她的平原油菜花一开
外乡人都变成了蝴蝶和蜜蜂

渡口

摆渡人站了起来
山和湖又多了条近路
十几年没有洪涝。滚水坝不再滚水
洞庭湖坐在大堤下。黄昏
弯腰凑过来

飞来飞去是野鸭的把戏。这只野鸭一抬头
伙伴们又跑出好远。它们踩在落日之上
朝这里一声一声呼喊
赶着牛回家的老汉偷偷地笑了

谢谢 男,本名谢小云,湖南岳阳人。

谢政 男,笔名浪子壹枚,湖南华容人。

一句话

一句话,像一根羽毛
轻飘飘从天而降
还未落地,已然发出轰隆的响声

一句话,像一根针
从虚无处发射
未见其形,只听见嘶嘶破空之声

我与你隔着一张纸的距离

我试图用纸背上的文字
来窥探你的秘密
你喜欢猫
你怕黑
而你用黑色的镰刀
收割我的思想
将飞翔的蝴蝶关进笼子
抑或给我一匹马
驰骋千里

一张纸的距离很短
短到可以看你鼻翼的翕动
一张纸的距离很长
长到我终其一生,跋山涉水
也难赶上脚步

熊小英 女,湖南汨罗人。

许平亚

男,湖南岳阳人。著有诗集《岁月的馈赠》《蓝墨水的上游》。

与一条江比邻而居

与一条江比邻而居
或许是我一生的幸运

每当夜深人静
她让我重拾诗卷
独自聆听二千多年依旧的涛声
借着纸上的波光
我终于能够接近天边
那一颗遥远的星辰

人一生就是一条江
注定要在梦醒之间
在平坦与险峻之间
在眷顾与决绝之间穿行
但由于一条江的指引
我会坦然面对不可回避的困境
把凶险与污沫抛在身后
一路前行
哪怕是承受从玫瑰到刀锋的疼痛
我也变得像她一样
那么平静
那么从容

与一条江比邻而居的日子
是我一生中的华丽时辰

某时某刻

如同一片叶子，漂浮在清浊
分水岭，此刻我正游移在一条
将黑未黑的时间界线上
其实，这样的时间点
已历经多个回合，仔细想想
好像也没什么太多区别
比如现在，湖水依然荡漾
飞鸟依然展翅，堤边磐石依然打坐
但我仍有些小激动，毕竟
捕捉到了这样的时间刻度
而且是用心，是真正在享受
就像静下来品茗一盏茶，或者
轻轻摇晃高脚杯中的红酒
生活的确需要一些芳香做铺垫
这不，一抬脚一转身，黑暗就一口
吞噬了我

相思九哥 男，本名卢旺兴，湖南岳阳人。

尹开岳 男，湖南岳阳人。媒体人。

中国结

巨大的金黄色屋顶
如帽子戴在安阳大地之上
走进寂静的中国文字博物馆
那些距我们久远的
甲骨文、钟鼎文、小篆、隶书及楷书
按时间编码
向我们走来
就近，首先与楷书、隶书握手
就远，直奔甲骨文出土地——殷墟
我们用尽各种沟通方式
试图破解记录者的符号
可文字说——
先辈们传承给的形体动作
仍有许多结，未能解开

等等我

在一个彰显个性的圆楼内
太阳光从东面
越过长方形窗户
投射在半圆形阶梯上
形成三段光亮的粗线条
眼睛注视它，瞬间
调整光比，拉大反差
灰暗中，它直指楼上
我顺着封闭楼道前行
隐约听到高跟鞋声响
此刻，楼下传来
亲，等等我

在岳阳门

此刻。洞庭水很淡定，鸥鸟想叫就叫
而一条乌篷船
恰好摇到了城门下
"气蒸云梦泽，波撼岳阳城"
"江国逾千里，山城仅百层"

——这是孟浩然和杜甫告诉我的
那个下午，我一遍遍地
指着一个垛口
对你重复，涨水季节
它的汹涌，它的浑厚，它的人间四月天——

黄昏从岳阳楼上过来，岳阳门下
只剩下寂静。最后一缕夕光
映着，那三个刻在青石匾上的金色大字

——它们和我一样，在洞庭湖边认知世界
而时间里的伤不用说出。一切自有安排

湖边望

洞庭湖边，不断被我卸下的
是一个浪头又一个浪头
落日，那么泰然自若
渔舟唱晚，便有些轻率了
倘若一朵渔火将凝视珍爱
而阴郁的命运又用尽了那段特别的时间
就让我在你的山河
赦免过往，一步步接近正确答案

叶菊如 女，湖南岳阳人。著有诗集多部。

杨孟芳

男,湖南平江人,现居岳阳。著有诗集《红地毯》《山那边》等。

飞鸟

天上的飞鸟
比眼中的炊烟
还要亲切
自由飘逸的心情
被鸟衔着
在蓝天白云下
飞翔
那只鸟
叫什么名字
一点儿也不重要
重要的是
它在飞翔时
你是否
一直心无挂碍

梅花

梅花开了
雪
还在远方
梅花的故事
被阳光温热之后
又被月光冷却
雪不想背道而驰
在梅花的期待中
终于来了
有了雪的日子
梅花
才打起了精神

中洲塔

一层一层
思想向上叠加
叠加成懒于表达的姿势
偶尔有飞鸟掠过
遗落一些远古的密码
一些风云在檐角酝酿
另一些风云在檐角止息
失修多年的塔顶
仍可仰望，却无从登临
谁家的祖父
随时在它的周遭
种一些瓜葛
相守

躲雨

一定是一位神秘的鼓手
屋檐上的敲打
总是不紧不慢
檐下的我们，也不紧不慢
说一些上了年纪的话
为雨水淹没
记忆的舟子便荡漾而来
一些事物被侵蚀，渐显苍凉
而另一些事物
被洗得鲜亮
秋凉了，仍有一尾雨燕
隔了帘子，在稻田的上空
为我们表演

杨厚均　男，湖南汨罗人。大学教授。

朱开见 男，湖南华容人。著有诗集三部。

春天的场景

春天，蜜蜂把我们晾在一边
自顾自地
忙

那些繁花
缠着我们的目光
不放

贪恋春光的丫头
她清洗的衣裙
被猛涨的桃花水
漂走

路

华容河到王家河不远
父亲走了一个甲子

那是乡村到城市的距离
一米七二，一米六五
消失的个头
父亲换成了买路钱
丢在了一道道关卡隘口

华容河到王家河很远
父亲走了一个甲子

满口的铁齿铜牙洒满岁月
祭奠那些索命的孤魂野鬼
替人消灾，替人还债

父亲说
这才是一个拔牙郎中的
医者仁心、快意恩仇

周栗 男，湖南华容人。

周知 男，曾用笔名周天侯、楚君、楚戈等，湖南岳阳人。

那天

那天你来到寒舍
一定要从左手的某条经络上
改变我今后的命运
可惜那只手刚刚被朋友借走
只能很客气很冷漠地，请你
坐呀，坐呀，别站累了
泡上一杯加了糖的咖啡
端不到你面前
你走后
失神的杯子"砰"的一声
尖叫着穿过
胸膛

午后 9 点的太阳

我不与你交换位置,我宁愿行走在一双
不合时宜的鞋里
独自,把一些东西安放在
可以供人纪念的岸边
桃花开在冰天雪地

比如,在你的背后叫你,你的时间是午后 9 点
太阳依然烤着我梦里的那只大鸟,鸽子不言不语
印象里,我永远没有晚餐,即使
半杯酒也在你高潮的尾声停顿,步履蹒跚
低头听见是苏州桥下那个挥袖女子的浅唱
尽管夜色朦胧

有时候,鹤,白云的床单掩盖了真相
像短命的羊羔行走在光天化日之下
尾随其后是午夜闪着的幽蓝

涉洋过海,不一定是同一个彼岸
湖草的气味只是个谎言,诱惑
不会出现的大鲨

黑色的秋水,留着产后的贝壳
午餐的珍珠在蓝色的眼睛里熠熠生辉
旗袍的衩口永远是夜色的伤痕

张冰心　男,湖南岳阳人。

张社育 男，湖南岳阳人。

麻布山下油菜花

在心底
需要酝酿多少春光
才肯展开金色的容颜
绽出泥土的魂魄
且一笑倾城

忍住寒冷的冬雪
忍住早春的凌厉
忍住尘世某些嘲讽的目光
还要忍住春雨中
那些薄如蝉翼的哀怨

这些，统统不足挂齿
你比梅花幸运
熬过了一冬半春
软风儿一吹
然后撒上一小瓣阳光
你便径直
走进了春的纵深

HUNAN
DANGDAI
SHIGE
DILI

湖南

当代

诗歌

地理
———

常德市 ◉

你是看不见的

你一定看见了
看见一些冷清，一些鲜为人知的忧苦
还有沅水，码头，水上行走的轮渡与雾
我窗台上的兰花，开了两朵
你是看不见的

你看，我还能疼，能准确说出疼的位置
能坦然面对三月清晨落下来的这场雪
能忍住那么多原本应该流出来的泪水

就算这场雪，断了我所有的念想
就算我一个人永远坐在这旷世的黑洞
我还是要对自己说，黑暗与孤独很好
这也是你看不见的

如果悲伤还可以泪流满面地诉说

还是那条幽深潮湿的小巷
一位女人，差点儿撞到神情有些恍惚的我
女人一手举着手机，一手拎着韩式方格子包
春风扬起她的长发，遮住她大半边脸
我还是清楚地看见，她眼里溢出成行的泪水
听见她对着电话那头，一边抽泣一边诉说
如果悲伤还可以泪流满面地诉说
还有人在静静地听着，该多么好

陈小玲 女，网名丁香，湖南津市人，现居常德。著有诗集《孤单的草垛》。

程一身　男，河南人，现居常德。著有诗集《北大十四行》；译著《白鹭》《坐在你身边看云》等。

不朽者预感到自身的死亡

此时，你已经无力使它们更完美
你只能把它们留下来
像一个就要离开世界的母亲留下一大堆孩子
它们美丑不一，各有各的命运

凭你的才能，你本可以把它们制作得更好些
只是你常常不能抵制下一个诱惑
或许可以这样说，你是多产的，简直太多产了
一个人完成了这么多作品

事实上，你很清楚这些作品中
你真正满意的只有几件
大多数可有可无；这时
你不无遗憾地发现其中还有拙劣之物
它们异常显眼，而且似乎越来越多

你感到这些拙劣之物正在暗中破坏你
辛辛苦苦建立起来的声誉
那一瞬间，你简直不能原谅自己
竟然生产过如此拙劣的东西
而这时你剩下的力量
已不足以把它们一一销毁

车过郑州

车过郑州想起不在尘世的父亲
二七塔还活着，不知还能活多久
给你看过病的医生还活着
不知还能活多久，在活人中

没有几个知道你已不在尘世
知道得多又如何？徒增叹息
二七广场的钟声还定时敲响
我们的爱再也不会复活

我们精致的肉体孕育出
敏感的心灵，随时感受肉身的
疼痛，毁灭之前

让我们在混乱世界的一角
自成中心，我在这里你在那里
接受有限事物的无限吸引

蔡志远　男，湖南常德人。

伤口

"窗户是天空留下的伤口？"
风一出声
它们就齐齐喊痛

而你是我的伤口
是我脑海中未结痂的伤口
空气一安静
它就发疼

我听闻冬天的笑声
像南飞的鸟群
越来越远

我看见夏天的脸
在一张冰冷的照片上
慢慢浮现

唆拜

到了这一站就放手吧
就此海棠雍容
竹山更迭了日暮
千面狐埋藏在井底
火葱洗手，一段葱白，一段豆绿
趁天色尚早，他们做起春分饭
惊蛰令，暗语生
香菇切成指甲状，花生、玉米
水边的芹菜入主衙安
我们不得不留下
到此算半生亦老
黄花不论英雄
糯米煮酒，也不过是当时的错
还要什么木炭煨火
残颜遮羞
你只有一身赤裸的曲线
弯刀折向来路
直线跌跌撞撞
倒向千疮百孔的下一场

注：唆拜，侗语，干杯的意思。

邓朝晖 女，湖南常德人。著有诗集《空杯子》《流水引》。

高玲 女，湖南常德人。

绳索

房间里多出了什么
多出了夜色，灯火，微弱的檀香味
黑色的字从书页间跳出来
一两声鸟鸣穿过开着的窗
蔷薇无香，它用盛大的白包裹我
翠绿纵横的茎，是绳索

还有你的笑，在窗帘和叶片背后
在感冒冲剂的空盒子上
在薰衣草辛辣的气味中
在铜质台灯的菱形格子之间
连屋角房顶都是，挤得满满当当

你就这样，与满架白色蔷薇同谋
一起包裹了我，往事是绳索
跨越了六千里山河

死亡

最后，他将我们带走
所有的努力证明是白费
所有的努力没有人知道
他将我们带走
在黑暗的喧哗中
我们完整地交出自己的思想
和记忆，只把一截石头
留在世界的外面
我们不知道那块石头
它紧紧地拉扯着我们
我们已经离开

在某个寂静的午夜，我们
被人提及、被人怀想、被人念叨
我们无法听到

那是些什么呢
四月的天空飘满了清冷的雨丝

胡平　男，湖南常德人。著有诗集《镜像人生》。

罗建国 男，湖南常德人。

走过　并未拾起

并未拾起，我已走过
牧人用套马杆指向一件艺术大作
夜幕，正在呼唤一匹草原躺下
蓝色的梦雾一般落进她起伏的胸膛
你可以居心叵测
你可以想入非非
我还是给母亲唱首歌，衬托
塞外，一颗明珠从前世醒来
一颗明珠喊着自己的名字，去接通盈盈体香
妖娆漫过身边的马兰
我不拾起，是给你拿去前方点亮几颗苍茫
我走过，是为我与光波盈盈一握
大漠晚风，赐予一遍尾羽复活
我抽出一枝啸牧马，不懂的伸手划忧伤
过了今晚，毡房就是我最远的指尖
捧捧阑珊，你和我，于夜尽处写留言
一壶奶茶什么都碰碎
一壶奶茶起身卸下情怀风与月

伸出篱笆外的栀子花

伸出篱笆外的栀子花
白而香
那些散步的人嗅嗅后
还是把它们摘走了
有几朵
爬满了蚂蚁
躲过了
那些手

对面的熟人已经走了

那天,我站在街的北边
看见一个熟人在南边朝我望
我一边喊她的名字
一边向她招手
她也向我招手
我想马上过去和她说说话
刚一迈步
一辆灵车呼啸而过
我被迫止步
当我再迈步时
又来了一支迎亲的队伍
等到新娘子的车队完全过去了
对面的熟人已经走了

欧阳白云 男,网名图书拥百城,湖南临澧人。著有诗集《在路上》。

谈雅丽 女，湖南常德人。著有诗集《鱼水之上的星空》《河流漫游者》。

这一年的地平线

每当我旅行至此，远眺地平线
季风将我吹成深棕色

这一年，在年轻的大地上
白鸽成群飞翔，鹭鸟随季翩跹
一艘大金船向东驶去
风在流浪，她反复吹奏着平淡的颂歌

这一年，我以为自己
创造了所有节日，凯旋，所有烈火
所有的树，银河
和新的语言

这一年，当我远眺地平线
感到如泡沫漂流，在柔情之海上
我虽渺小，但我确信自己
见过了人们——
渴望见到的一切

我渐渐像麻雀一样

从屋檐的缝隙偷望原野
这阳光如水冲洗着的
一颗颗饱满的粮食
这些可爱的谷子啊
漫山遍野的黄豆、高粱
在黄昏的暖风里焦虑不安地走到动

一只麻雀被我惊走
被一群麻雀带上了天空
这一大片狠狠的声音砸痛了我
这离太阳最近,离暮色最远
这老人的心情,父辈的目光
我确信它们曾在我的大半辈子里无数次走过
我确信它们和我一样

我渐渐像麻雀一样衰老
多么愚蠢
在荒草蔓延的场院
当我说出了我的妄想
像在光阴中终于卸下了命运的重负
麻雀,从天空回到了我的面前
它们的脸上有着莫名的焦灼
它们分不清
我是从故乡出走
还是从异乡归来

唐益红 女,湖南常德人。著有诗集《我要把你的火焰喊出来》《温暖的灰尘》。

谭晓春 男，湖南澧县人。著有诗集《浪漫的阳光》《宛若幸福的鱼》等。

逆水行舟

怀旧的人早已离去
残留的印记已经收起
静静地，聆听一条河流
与时空的交谈
那低沉而浑厚的音质
述说着过往
逆水行舟的悲壮

咫尺或天涯，经由
一缕光线阐释
已轮转成某种深度
在岁月中，起起伏伏

一口水酒，摁下往昔的错落
再回首，落花满径
颔首的鸥鹭
伫立在从前的码头

我们像葵花

暮色深处
我站在低头的向日葵前
向着黑暗，数着自己的心
我的心一粒一粒饱满
又一粒一粒臣服于有技巧的微凉
心动时，低眉最美的一瞬
险些成为一种圈套
沉重在心机重之内
抬首与低头
以及抬首与低头之间
沦为人间繁缛的礼节
窗外的影子在犬吠处晃了又晃
无奈之下
葵花精打细算一生的艳阳天

向未 男，本名向延兵，湖南石门人。著有诗集《禅诗》《木棉袈裟》等。

谢晓婷 女，湖南澧县人。

衣服

从一匹布出发，摸索着回到身体
本能的水溶于本能的火
丝绸的重影掩盖秘密，一顶旧时礼帽
暗藏波涛……
我听从了你的建议，剔除龋齿
剪去含有轻微毒素的触须，黄昏的阳台上
我安抚每一件衣服的褶皱和纹理，她们等于我
让我得体，但多数时候，她们大于或小于我
使我凹凸，使我窘迫。使我与伤痕齐名

结局

我不想把那座熟悉的村庄，以及
熟悉的或者不熟悉的行人，以及
它的花，它的庄稼和溪水
写进那缕无法捕捉的风
然后，一起老去
村里那口古井仍然没有新意
黄花
正开向朝向不一的老宅
我们正在面对一些生僻的词语，就像
两块巨石互相伫望，或者
一座山遥望另一座山，然后
以最接近的方式接近，然后
互望对方一眼后
匆匆逃离
伤痛突如其来，在路上
白色的苦楝子花纷纷坠落
一个乞讨者艰难地爬出体外
黄花也渐渐枯萎
而那些朝向不一的老宅
正无可奈何地挤进墓志铭

萧骏琪 男，湖南益阳人，现居常德。著有诗集《认识岁月》。

徐正华 女，湖南常德人。

沉默的火星

无垠贫瘠的孤独
存在，一言不发
光照耀它
哪怕有一片埋在地下万万年的枯叶也好
一个没有生命迹象的星球
与我们大家的家园的长相何等的相似
但我，仿佛能听到
这个孤独星球传来
白天鹅引吭高歌的声音
仿佛看到了两只飞鸟前后掠过高空
仿佛看到了吃草的动物

我是一个耽于幻想的天真的诗人
万一实现了我的憧憬
我将诵读每一个日子
水的爱情
变化成了如此美景

HUNAN
DANGDAI
SHIGE
DILI

湖南
当代
诗歌
地理
————

张家界市 ◉

天门山

天空掉下的一滴眼泪
抬头一望,洞天的苍茫
敬畏,不可遏制

仙山石壁,一件静默的器皿
天空的蔚蓝,在时光的拐弯处
掩饰了一条河流的走向

沿石阶向上,一面镜子的深处
一枚月亮悬在眼前
闪耀的方式,微微凉风
撞开了一道生命之门

天门山,经书页面上
一位高人描绘的风景
一抹瓦蓝,归隐的佛意
从内心陡然升起

天门山,膜拜的虔诚
可以用佛经里的文字来押韵
恰好放下你的悲戚与欣慰

陈颉 男,湖南张家界人。著有诗集《最是澧水》《两年间》《时光的瓷瓶》等。

胡小白 女，本名胡姣华，湖南慈利人。中学教师。

在椿树桠找回……

从未见过那么高大的火棘树
在路旁，悬崖边上，热气腾腾地向我们召唤

摆脱时间秩序地束缚
我们站在离刺很近的地方
冒着可能存在的风险
来回拉扯，这富有弹性的午后
递来大地枝条

突然被完成。
一些久未愈合的漂浮感被填充，缝补
现在，我们是红艳艳的火棘果
紧密而坚实地躺在掌心
在冬天里

草木人间

绿色被打破,瓷器摔出鸟鸣的声音
秋天席地而坐
我站在你的身后,成为你的一部分
荻草有顺风的旗

一直到深夜十一点,萤火虫还提着她的灯笼
一些涟漪,在夜空中荡开

一些真实得不能再真实的事物,在夜空里泯灭
山川不语,那种寂静曾经淹没我
田野,村庄

候鸟

我们这样来呈现一个村庄洁白的一生
用五十年,让一个女人归于平静
把自己叫成故乡
一个女人
就是一座村庄

从一个女人身体里迁徙出来的鸟,腾飞
又压垮一枝树丫
落叶是候鸟的一部分

是的,我第一次用这个词
一个新鲜的词
让我想到我打工的朋友,到冬天
扑凌着翅膀,从南方飞回来

罗舜 男,笔名小北,湖南桑植人。著有诗集《马桑树的故乡》。

高宏标 男，笔名鸿子，湖南张家界人。著有诗集《我无法守住万物的密语》。

我不想让骨头燃烧

我要数清我体内的骨头
不按生理课堂上老师教的方法数

每一根骨头都那么透明
像水晶，绝对超过所谓的 x 光片

肉已经不存在，好像被一种鸟啄完
鸟也不存在，不知道已飞向何方

骨头发不出声音
如果用足够大的力碰撞，可以断裂

灵魂是否藏在骨节之中
我不敢存疑，我不想让骨头燃烧

不是所有的雨都下在春天

不是所有的雨都下在春天
那些下错时间的雨
比下错地方的雨
更值得纪念

一封信需要多少天才能抵达
就像，马桑树下的姑娘
需要等多久，才能听到一个男人的承诺

我们无法从天象中，看出一点儿秘密
任凭雨，一直下，一直下，一直下
一直下到心力交瘁

HUNAN
DANGDAI
SHIGE
DILI

湖南

当代

诗歌

地理

————

益阳市 ◉

一头麋鹿的意象

我不能接近一头麋鹿
我习惯了自己的声音，周围的人的声音
习惯了把草莓酱抹在面包上
习惯了对爱保持克制
并教会年轻的孩子同样的话语
此刻，自然显露在我们的面前
浩瀚的群星闪耀在头顶
远处的滩涂，一群麋鹿在恣意奔跑

它们将大地之上的梦炼成金子
它们在繁衍，也在消失

而我，仍然无法接近一头麋鹿
它树枝一样的角，它矫健的灰色的身影
就像舞台布景的时候，光暗下来
舞者静默着，观众在期待
那些声音在远离我
那些灰色的奔跑的麋鹿在远离我
它们从我的身体里生长与剥离的样子
我无法描述

卜寸丹　女，湖南益阳人。著有散文诗集《物事》。

陈健君 男，湖南益阳人。著有诗集《生存形态》。

云台山看云

在云台山，我心甘情愿当了云的俘虏
这样的失败没有什么不光彩
正如我承认所谓失败
没有什么不光彩一样

想想，这纯粹是一个态度问题
反复观察和临摹云的态度
从它轻灵、飘逸的外表，读懂散漫和悠闲
如果都是这样云淡风轻的日子
人生一场，好聚好散
那该是多么难得的福气
然而，谁又能够把握
变幻莫测的天空，何时风起云涌
风调雨顺的背后
又会隐藏怎样的苦难

云台山看云，天空好空
空得让你忘记尘世的重量

辗转难眠

抽出黑夜的一些白,那只蝴蝶
掀起翅膀,颤动触须
从一首诗的身体里飞出
温热的身子沾着淡淡的月光
好久没做梦了,此刻
为何会听到从月亮里飞下的箫声
湖畔的柳林又睡了,一定有人
还伏在那块石头上,做着潮湿的梦
点一支香烟,念着唐朝的诗句
不倚窗,不望月
流水、蝴蝶、月亮、箫声
这些意象,在我的诗歌里辗转难眠

空椅处的空

与一把空椅相对,冥想桃花
月光下的颜色,三月春风
在一首诗中羞涩,以及眸子里
闪现的忧闷
找不到一个适合的词,说出
茶杯冷漠的细节,热气沿杯边
淌出凄凉,纯情的笑意
反复揉碎,重合为玻璃上的雾
逾越不了的是,咫尺距离
梦里桃林,鸟啼声的芳香
染醉一树心动的桃红
而那把,空椅处的
空,是谁留下的寂寞

陈资滨 男,湖南益阳人。

冯明德 男，笔名皇泯，湖南益阳人。著有诗集《四重奏》《一种过程》等。

透过艺术的中缝，窥探
——李升中国画《若山若水》

一纸焦墨，若山若水
我怎么走进茂密的山林，沐浴生命之水
唯有走近，再走近，透过艺术的中缝
眯缝着一只近视一只远视的眼睛，窥探——
鸟声，在天空之上，寻找飞翔的翅膀
才有广阔的翔程
溪水，在山谷之下，寻找流淌的曲径
才有蜿蜒的通途
我在画面之外，静立成岩石，听觉和视觉
在雾障的茫然里，失踪
忽有一阵山风，撞开视觉
我在林荫深处，曲径通幽
遥感一挂瀑布，溅湿听觉
我在天地之间，聆听竖琴
我，走近画
画，进入我

紫鹊界

春天的底色是向上的
一级一级往高处走。訇然一响,就长出了
黄金的光芒

报喜鸟的翅膀来自神
祥云缠绕,紫气萦回
飞翔之态等高于仙界,多么耐读,是山野的经卷

谁在人间仰望?就像
一朵紫罗兰,低下了自己,对大天大地大意境
深怀敬畏之心
——那纯粹的目光和背影,加重了美

云台山

那些柔软的,大而无当的白
从青峰的蛮腰上掉下来,落进云池
溅起了朗朗之声

是不是我的相思意
在世象迷离中,找到了出处?找到了
纯而又纯的陌上歌

走过"十八拐"——十八层由浅入深的禅道
便是云台山古寺了

香火多轻,烟多轻,木鱼念着的
前世来生多轻,着红袈裟的方丈喃喃说
此山非山,云台辽阔

郭 辉 男,湖南益阳人。著有诗集《美人窝风情》《永远的乡土》《文艺湘军百家文库·诗歌方阵·郭辉卷》《错过一生的好时光》《九味泥土》等。

黄曙辉 男，湖南益阳人。著有诗集《荒原深处》《大地空茫》等。

浅隐

浅隐之人，在闹市里出入，杀鸡宰鸭
醍醐灌顶。他不想戳破那些诡秘的物事
任其此消彼长，自生自灭
在市声中，将两只耳朵一一禁闭，或者，洞开
一盘棋很快接近尾盘，胜负自知
留一条逃亡的通道，无妨
戏台上的人还在咿咿呀呀，长长的拖音
婉转，战栗，荡气回肠。观众悉数离去
台上台下场景，路人无暇一顾
一个大市场，待宰的鸡鸭，在戏文里嬉戏
戏子们使劲演出，只是为了最后的一顿晚餐
烛光里，隐者所见，皆非虚构的故事

暮色箫声

暮色沉沉，巨大的鸟翅带来了某种暗示
他再也不可能站在春天明丽的日光里
且慢，不如吹箫
让那些潜伏于西山的敌人，自行撤退
明月升起，三两颗星星，醉酒一般眨眼放电
远方的爱人，许是为箫声吸引
提一壶酒，紧赶慢赶，在箫声之上
一点一滴挥洒，让酒香，弥漫夜空
忍不住在月下起舞，自己和自己的影子
这个时候，箫声隐去，北斗七星在他的指纹里微笑
只有那一轮新娘般的明月
在静到无声的箫音里，与他合二为一

在小桥村

当我们坐下来，田埂上的芦苇
向里挪了挪位置
田间没有水，几只鸭子在里面走动
像草返青的声音
我们长久地坐在那儿，没有说话
有时感觉鸭子消失了
我们只隔着，一只麻雀大小的寂静
有时又感觉天色暗了下来
我们越来越小，像两只蚂蚁掉在
同一个牛蹄窝里，不知所措

康雪 女，曾用笔名夕染，湖南新化人，现居益阳。著有诗集《回到一朵苹果花上》。

李定新 男，笔名乐冲，湖南安化人。著有诗集《灵魂的村庄》《风吹过梅山》。

栗树凸上

天刚亮，我就带你到栗树凸上
像张挂满水珠的小脸
一夜春雨后的村庄
从晨曦中渐渐显露出来

我告诉你，这里曾是我的生命高地
尘世的一切一览无余
那时的村子在春风里打颤
关山外风起云涌

一栋栋依山傍溪的小木房
在夜色中亮着昏黄的灯
如星闪烁，风一吹
偶尔会有一颗向村口滑去

左边山坡上那栋破木房里住着一位疯女人
那年她像一枚枯叶被吹回村子
一到农历的五月，门前会有一大块向日葵
金黄一片，仿佛要燃烧整个村庄

就这样过去了多少年，多少年来
村庄一天一个模样，春花依然灿然开放
栗子熟了自枝头落下，只有一张张熟悉的脸
离开后再也没有回来

夜宿茶马古道之高城

夜幕低垂,盖住草木、乱石
流水只剩响动、山冈仅露了外形
一匹黑色绸缎,直接混淆古今
茶马古道通往时间两端
新旧时光在此处相逢
我站着未动,因此回到了自身
在高城,我不是为了出发,也不是为了抵达
因为无所事事
所以只替它仰望夜空——
星辰不多,一颗挂在树梢
一颗完全悬空,幸而有垂下的光束支撑
不至于跌落山中
夜空寂寥,风吹来吹去
反复吹散了阴影
绸缎更加柔软,约莫一丈二尺三寸

水鸟

从局部来看,资水是慢的
它一慢再慢,像一面平放的镜子
这面镜子宽大、平整
里面装着云朵和更大的天空
云朵轻轻滑动,资水似乎忘却了自身
由此来看,片刻的停顿
有可能获得足够的宽度
也有可能获得澄清之后的透明
三五只水鸟划破水面又迅疾离去
像是啄食水中的流云
又像是击穿那镜子里静静的时辰

鲁丹 男,湖南益阳人。著有诗集《世界如此安静》。

黎梦龙

男,湖南沅江人。著有散文诗集《心的回音》《大北风吹过田野》。

在白沙河边

一场不期的迎请在寂静中发生
风、水、月色以及更遥远的星光
仿佛宿世的朋友和亲人
带着雏菊、信札、旧图钉
穿越夜色而来
为什么有了偶然,与一根苇
一枚贝、一堆乱石同行
没有预备和迈出
夜继续开放,一生沉于一念
流动制造的远方早已逼近
标灯闪忽一下
正是那年丢失的汽笛

一生

月光
我只看见蓝色的湖
这一生
湖越来越瘦
帆和一些鸟消逝
贝壳和沙石相继诞生
当缄默的嘴咬不动一片月光
一缕湖风甚至一段惊起的往事
那刻该在蓝色的梦中离开
不用桨或涡轮
放弃捕捞
像幼年做游戏
乘逝去的帆或鸟翅谨慎动身
参加春天,最后一场赛事

怀念

时光流逝
是走廊上远远而来
又远远而去的脚步
清晰,如鼓点敲过

风和鸟语
还有春天的寒意
都从窗口爬过来

盛装的杨柳
桌上的黄信笺
轻盈舞蹈

只有久远的微笑
仍和往常一样
静泊
在水一方

想随意拨一个电话
打通往事
然后相约
在久违的风景里对坐

盛景华 男,湖南益阳人。诗人,书法家。

舒放 男，湖南长沙人，现居益阳。

2016年7月8日一个防汛的早晨

太阳在起床的时候
摔了一跤
又一次跌入湖底
连气泡都没有冒出一个
水面异常宁静
宁静得如同博物馆的油画
鸟儿不叫了
风也不叫了
我坐在堤坡上
就是坐在漂流瓶里
分不出手里抓的乳汁般的东西
是湖水还是天空
那个卷曲成圆火球的太阳
大约此时称作龙吧
该从湖底苏醒了吧
煮沸苍茫的水
让那个叫洪的家伙溃退
让我跳出漂流瓶

表白

即使在阴天
也能找到明亮的事物

从冒着寒气的草地
捡起一片银杏叶
它比挂满花纹的蝴蝶轻盈

它发出的光芒够我取暖
它的安详让我想起月亮穿过乌云

向晓青 女,湖北五峰人,现居桃江。

肖皓夫 男，湘西永顺人，现居益阳。著有诗集《无岸的诗行》《诗走廊》等。

喊魂

打开那顶黑壳子瓦屋的大门
临睡，母亲抱着弟弟
对黑处喊，满伢几，回来睡噢
长长的音，把夜拖得好深
母亲说，一喊
弟弟就会睡得安稳

母亲叮嘱
夜里，听陌生人喊，不能应
小心喊跑魂

母亲一天一天老去
夜里一定会有陌生人喊她

我不担心，我知道
母亲不得答应

烟灰缸里的烟头

烟灰缸里的烟头
堆积在一起
相逢后的语言
堆积在一起
是这个夜晚的宁静
使你很方便地堆积你的故事

手指间的烟云
不断变幻着分别后的长长季节
这些季节总在燃烧
烧成很短很短的句子
美丽地躺在我的烟灰缸里

望着你的成熟
如同秋野下的稻穗
烟火中
便闻到米饭的芬芳

不知不觉间
烟灰缸里的烟头愈堆愈高
就像你站在岁月的风中
那很挺拔的样子

肖正民 男，湖南南县人。著有诗集《含蓄的风景》。

一江 女，湖南沅江人。

一只乌鸦口渴了

举起手
那些粉笔字簌簌落下
时间被一遍遍擦去

一只乌鸦口渴了
到处找水喝
你带着孩子们齐声朗诵

乌鸦捡小石子或者小树枝
等水
等水，爬上来

山区就是个巨大的瓶子
你捡了二十年
还渴

一只乌鸦在暮色中
成为被忽略的部分

敲门的声音很小、很小

我知道这屋内没人,但这扇门,我还是敲了
尽管我敲门的声音很小、很小
还是惊动了房梁上那只夜栖的鸟
那只鸟知道我今夜一定会来的
守着黑夜打盹,没有睡觉
听到敲门声,朝一旁挪了挪那双细细的小脚
就躲进了本来就很晦暗的黑夜中
于是我转过身去,不愿意让一只小鸟看到我
瘦如骆驼的影子流泪的痛苦
其实,我明明知道这屋内的主人已经不在
离开这个尘世很久、很远,也很多年了
但我还是,像一只鸟一样坚持在这里
每隔一段时间,来探望,叙述离开后的重重心事
现在,我知道这屋内无人
但这扇门,我还是敲了
只是敲门的声音很小、很小

今夜

当然是灵性的风
在秋夜里敲门,直闯禁锢之城
夜与白炽灯同排坐定
我的心都开始哭泣
你淡定的笑不是以往情形
在夜海的波澜里翻滚
而心海那冒烟的灵魂
被我一声无意的咳嗽惊醒
今夜我是一只心在流浪的猫
在酒精与酒瓶中变得空无

雨典 男,湖南安化人。著有诗集《流蜜的江南》《敲门声》《鹰巢筑在城市屋檐下》。

庄庄 女，湖南益阳人。著有诗集《隐喻》。

清晨之诗

醒来，在清晨的第一层空气里
——新的，绿宝石的一层

梦的湖水仍在轻轻颤动
哦，翅翼，心灵的飞鸟挣脱
星光的涟漪，在新时间的水面上

有一种滑翔，没有缰绳：
"你"——远方——远方
总是会抵达，只要我喊出
你就如在眼前

我们的新家园。看啊，光
如同初启的唇，含着赞颂的名字
——你呀，这清冽与明媚
这缓缓燃烧的冰雪

珠露的小星星停止弹珠的游戏
隐身苍穹。鸟鸣像浆果落了下来
——我们可以衔住的高度
我们吞咽甜

夕阳下

亮晃晃
一盘开败的金菊
从西山之顶
忽地飘落
一瓣

陇畦里
那位尚未收工的农人
伸出手中的锄头
勾着
坷垃
种下

明早大地上
会长出一株
葳蕤的晨光

雪原上的脚印

趁着初露的霁色
一双黑色的毡靴
嚓嚓嚓嚓嚓嚓嚓
沉重地匆匆踏过

辽阔而完美的雪原上
留下一行深深的脚印

被埋没一冬的小草
把它们当作一扇扇

邹岳汉 男，湖南益阳人。著有诗集《启明星》《青春树下》《远去的帆》等。

向世界敞开的窗户
纷纷从黑洞洞
触及地表的脚窝里
努力地探出半截

眺望
一派风寒雪冽里
匆忙赶路的春天

HUNAN
DANGDAI
SHIGE
DILI

湖南
当代
诗歌
地理
————

郴州市 ◉

闪电

在天空的稿纸上恣意抒写

越是黑暗
诗意的呈现越是明朗

有时会击中某个目标
有时仅仅在乌云中间撕开一条
更多的时候疯狂催生一场急雨

天空一旦发表了闪电的诗句
无论站立何方
总会碰撞到我的心灵
被打开，被照亮

胡梦 男，本名胡庆华、森梦，湖南汝城人。著有诗集《心中有歌》。

黄晶晶 女，湖南桂阳县人。诗歌散见于《诗歌月刊》《爱你》《文学天地》等。

心经

影子在地上发出声音
钉——
铁想要柔和，就只得去看影子、听声音
于是我们在这里
早早地枯萎，垂下眸子
看自己

影子像繁花锦簇的春天，春烟弥漫
鸟影藏在缝隙里
我何以听到了这许多
仿佛从未失聪
钉——
这本不是真实的
铁元素撑开了涨红的面具
你的脸
他的脸

这本不是真实的
轻纱是雾，思绪飘雨，蒲团做的石块
回到那棵树下，苹果树之前
你不要醒来
他们不必执迷顿悟
我们坐在这里喝咖啡的时候
什么都正在成熟

一些词语一些句子

那些可塑的石膏树脂黏土
那些可雕的木材石头金属玉块玛瑙
就让空间给我多维度的视界
不断地锻打不断地镌刻
一枚无缝的蛋，一匹狂奔的骏马
还有玫瑰色外套里
一件黄色的内衣
一些词语一些句子
暧昧成诗的扉页
重复的暴力
漆黑夜猛烈地敲击、锤炼

后面

那忧郁的向日葵败于旷野
生长的速度依然彷徨
笑脸后面，开天辟地的巨响
打扰了游荡的梦，盆景
再一次扩张，将变成什么模样
鸟群里暂时没谁知晓
后面碰见的太阳
不是盛夏的那种白太阳
建筑物上闪光，折射，晃眼
十月的后面，那些怪石奄奄一息
十月的后面，无法燃烧的枯枝化作灰烬
漂浮的寒风刮过
屋里的人们浑身发热
鸟窠傍晚将消失，那条
通往无言的路好像有光闪动

解 男，本名杨戈平，湖南郴州人。著有诗集《一条溺死在秋季的鱼》等。

江维霞 女，笔名苍穹如岩，湖南桂阳人。

与我无关

从收到第一枚红枫叶开始
我便知道以后，我再也不会喜欢它
它小小的，干瘪地夹在笔记本里
赴万水千山，奔江南水乡
从西藏的林芝县到达南方的桂阳郡
它那么轻，那么瘦小，在扉页中
我感觉不到它的存在，就像穿越万丛冰川
从你那邮寄过来的哈达
手绢和零零碎碎的一些吃食
他们死于那枚红枫叶枯竭的那个夜晚
阳光躲着它，氧气绕开它，在狭小的空间
它安静地平躺着，恍如睡死过去的一位老者
黄果树的瀑布淹没了它的头颅
你在雪山上疾跑的步伐低过那枚落叶的声响
它被你狠狠地抛掷在笔记本里
在现在看来，它多么像你和我的爱情
多年以后，在病榻上残留的骨骸
我一直都没有勇气打开那本黑色的笔记本
那个黑色的匣子，太像一个骨灰盒
它把整座秋天埋葬
连同一切寄予红枫叶的幻想
我看到了一个季节的败落和爱情的病入膏肓
从此，任何一座枫林又或者任何一枚红枫叶
都与我无关

如梦

我一直是风拂过之后的余韵
有时在叶子上,有时在水面上
我总在恍惚的梦里
顺手关好竹扉,沿着石路走
每一次,都在途中静静遇见你

我总在恍惚的地方
不用眼睛辨别自己
我的手总想越过障碍
去抚摸你心房中暗藏的我
你瞳孔中的影子
忽然就在你对面
我和他冷眼相对
彼此形影孤单

我仿佛总在梦里
听到你微弱的呼吸
而我又在梦醒之后将它推远
无语地坐在夜里
你的名字和姓氏总含着花香
春去秋来,我都会在风拂过之后
闻到你的踪迹

雷新龙 男,湖南桂阳人。

聂开啦　男，本名聂桐胜，湖南郴州人。

你不在天涯

漂白的时间拐过街的转角
回首，你固执地在白天挑亮灯
灯光轻柔，双颊如此明媚
长发仿佛往事在双肩轻垂
又为何低头呢？我想
低头也掩饰不了你那慌乱的神色

那些失语的日子叫人多么不安
幸福迫不及待地踮起脚尖
把盛满幽怨的篮子抛进池塘
"咕咚"一声，亲爱的
你惊醒了我内心隔世的想象

从此嘴角余香袅袅
风停在发梢凝固成爱的形状
这是你故意留下的线索吗
或者一切不过是一场假象——
我卷进了一场甜蜜的阴谋
而真相就藏在你那透明的目光后面

夕阳西下，夕阳还是旧模样
可是你呵，你为谁断肠
不在天涯
也不能安静地坐在我身旁

爬山

闲下来的时候
我就想独自去爬山
看以各种姿态出现的群山
在尘世间或明或暗地追逐、牵连
然而,我有自己的选择
据说穿透世俗的山能补钙
但经过阴阳山之后
内心就多了野性和叛逆
我知道,山的高度
不过父亲的外表

映山红

五月,在花败的尽头
落户,一声杜鹃啼出血色
梅雨阴暗不停,钟声
一样滴落
看时间轮回,无休止
潮水忽涨忽停
是谁的胆色高悬,一盏灯
涂鸦一片
暂不说季节,也不说温度
女人有女人的想法
水立在潮头,染湿日子
当蛙声再次来临
我和你同流,天天
咀嚼软饭,渐渐地长大或者
变老

谭美泉 男,笔名泉之,湖南郴州人。

谭莉 女，笔名佳茗，曾用名茉莉如雨，湖南郴州人。

星夜

是积雨云留下的狼藉
是一棵摇动另一棵树
一朵云追逐另一朵云

从旧屋檐下
从半路折回的担忧
从深夜的河流汲汲而来
蒲公英的约定早已经不算数
春风都在忙着赶路
忙着快速苍老

一年后
星空溃散
春色消失于风中

仅剩月牙的苍白

矿苗之美

它们，细微的有色金属矿物颗粒
带着金字旁的弟兄或者姐妹，深灰色的叫铅
亮黑色的叫钨，紫褐色的叫锡
亿万年的沉默和黯淡，一一容怀在心
不是它们不够谦卑
也不是它们惯于退避和谦让
年光漫久，习惯了慢慢沉思，幽幽向往
不曾期遇一跃而起，也不曾奢望光芒万丈
致密的拥挤，无边的逼迫，它们无言以对
在坚硬胜铁的包围面前，习惯保持坚强的记忆
记住那些成全它们的大地深邃
它们暗自发光的心灵，隐约闪亮的身子
如若单粒游离，流于大风或者大水
往往轻得可以忽略不计，飘零无依
因为光芒，它们结成苗木的形状和姿势
遵从古老的纪律，怀存天赋的宿命和秘密
不吐露忧怀和叹息，暗长在大地深处
因为简单、细微、单纯和无瑕
它们构成的光芒之美，是时空中的不朽之美
美得无忧无待，甚至令人绝望

吴泽军　男，笔名扶颂，郴州临武人。

谢名健 男，湖南桂阳人。

在三国城闲逛

这时，太阳依了这古城的意愿
夕阳伴着静水，柳条垂钓
远去的云影，群鸟碎在远空
我的脚步，加上一部历史
总难追上三国马蹄带走的绝响
那些刀戟，那些运筹帷幄，掌控河山的意志
千堆雪里
还有英雄煮酒吗
飞檐，似乎正追向遥远
旌旗猎猎
正想打开一扇半掩的门
渴望有一个小乔走出来
翻开一页江南给我看

将进酒

共举杯，五十二度的酒
倒下去，不留半点世俗的惊恐
胸胆纳收江山河流，急于上飞马
向那大漠，索取豪气

明月，过了那朵云
所有的酒，也掠过一片荒凉

不要让残月浸在酒中太久
喝下去之后，忘记那些杨柳风吧

再添一杯，就像添上了未知的岁月
和许多的路口

火车进入隧洞

这来临的一刻,唤醒我们心头的恐惧
和疑惑:灵魂会不会出错
眼睛在漆黑里瞎着,无可救药
什么将在此刻降临?如果
伸出手去,会不会摸到石头又或者
被石头击中?还有,你饿吗
期刊中一扇通往博尔赫斯的门被迫关掉
文字停止盘翔,人类努力睁大良心
在睡梦中醒,在怀疑中爱,你还
认识自己吗?而时间在静默中流逝
——时间从不昭示来路和目的
我们贴近虚无的脸,还有什么
没有卸下?摸摸各自的鼻子和嘴
如果还在,为什么乌鸦的幻象却仍挥之不去

支点

在某种场合我考虑到支点
但要避开可爱的亚里士多德、避开哗众与子虚乌有
为此我显得神闲气定,嘴里叼着烟
为此我恣意放低了身体,睡在一张躺椅上
为此我松开了我的脚,它们则松开了泥土
为此我也空出了双手,使它们像钟摆一样
来回晃荡,这是劳动之后难得的休息
这是一生中难得的余暇时光,我考虑到支点
它就在我的身体底下,木头的,实心的
既不算坚硬也不算柔软,但足够托起我
使我停在世间,既不下坠,也不上升

谢海俑 男,湖南桂阳人。著有诗集《边缘之水》等。

焉然 女，湖南郴州人。警察。著有《念你如泉》《阵痛》。

虚掩之门

你在哪个方向
风便朝哪个方向
季节的长发呼啸而过
你与古旧的城墙相遇
与一个血统的雕塑对望
一些生长与死亡
经由你，谒拜于禅寺
槛外与槛内
掩映磕长头者虔诚的讼祷
谁将经文留在雨中
隔着你，雨的击打小了许多
一面铜镜朝你发问
虚掩之处
你看见了什么

另一宇宙

我想找回自己的世界
但世界已被丢失
在丢失的世界里
我发出红色的声音
这声音无法穿越黑夜
却在黑暗里永远黑着
黑成另一个宇宙
和宇宙的另一个风景

看见光和黑一闪一闪

很久,没白昼也没黑夜
光明在左眼上行走
黑夜一样光明地走着
我走在右眼的路上
看见
光和黑一闪一闪
我的身体一闪一闪

我看见昨天
看见昨天
没回来的岁月

野宾 男,湖南桂阳人,现居郴州、长沙。

祝枕漱 男，本名祝江波，湖南汝城人，现居长沙。著有诗集《词语·症候群》等。

隐秘

我躲在阳光之上，比分泌的甜
更轻。那鸟鸣治愈了伤寒，死者口中的药汁
泼了一地。悲悯之心寡淡无味
掠过壶底，驱逐的香虚怀以待
秋风卷起的纸也有旷世的仇恨，街头的冒失鬼
抵达山岗，不定期颠覆子夜
在一次失算的逃遁术里
犹豫地，看他抠下花蕾的胎记

乡里读书人

怀揣游鱼之梦
他咀嚼出人间的味道，六孔笛
呜咽，油菜花开

他躺在竹器上
如一缕孤魂，他要占据的和他
要屈服的，都在
自我的命名中

陶土风化了，鱼纹
刻在额上，拧干的水分比盐更咸
殉道者年届不惑
胡须染着白霜和疑惑

乡村

这时，许多条蛇
藏在乡村的各个角落
寂静无声
唯有一条蛇从寂寞的一隅
押长了脖子
吐着信子无所顾忌

这条蛇冲破低矮的瓦房伸向天空
扑腾扑腾，信子里流出的唾液
一部分落在稻田的稗子上
一部分融入空气渗透进肺
溜入我的心脏

它兀自昂首向天的样子
如娘站在田埂上
挺起胸脯双手合成喇叭状
在唤我回家——
"吃饭了！吃饭了！"

周松万　男，郴州临武人。

周文娥 女，笔名周文禾、清水心荷，湖南安仁人。

等，或念

二十六年了，老屋门厅前
放着一张条桌，二张长椅
椅上，春风坐过，夏雨坐过，秋月坐过
叶子、雪花也坐过
坐得最多的，是二位老人
一个老态龙钟，另一个有点痴呆
现在，他们的头发花白，行动迟缓
分不清有盐有味的生活
现在，他们有时清醒，有时糊涂
弟弟啊
你若现在回来，叫他们一声"爸爸、妈妈"
也许还有可能答应你
他们坐着坐着，一个人的名字就从口中掉下来
当我敲出这个名字时
一辈人的一截愁肠，被我找了出来

HUNAN
DANGDAI
SHIGE
DILI

湖南
当代
诗歌
地理

永州市 ●

慕士塔格峰的雪

在眼里，它占据了天空这么大空间
雪压着雪，雪顶着雪
终年不化的雪
岩崖上冷叠着冷
还有冬天，那呼啸着辽阔北方的寒冷

慕士塔格峰
寂静中对着天空永久的寂静

晴朗的日子，雪峰更加炫亮
泛着光芒，仿佛在和蓝天中的神交流

孤独的鹰，早已穿越了村庄、草原
比雪山还高，如有人放出一只单飞的风筝

一定还有雪，在夏天向着低处融化
流向远方，在晨曦中隐退的星辰下
慢慢长成了成片的草，开出星星点点的花

此时，我站在远处的砾石上
安静、轻松，把一点点暖留在心里

没有什么声音回荡在山谷
只有风穿过
一去不返

蒋三立 男，湖南永州人。著有诗集《永恒的春天》《在风中朗诵》等。

刘朝善 男,湖南江华人。

五月茉莉

远山隐循于夜色和雨声之中
想起某些石头、植株,湿漉漉
我曾经住在山上,也曾临水而眠
事情已经过去好多年
再不眺望,那些日子就终究是一阵晚风

上山采茶,遇见一群白鹭列队低飞
有限的想象力难以虚构南北迁徙的路线
收集春末的雨水,当我的杯盏还盛着去年的叶子
沉迷旧时光,走不出坦途
已经是五月,风起云涌

身体里隐藏着一颗石头

人说,每一具肉身里
都隐藏着一颗石头
它会以疼痛的方式,立于幽暗背后
和另一个自己,对峙

身体已经很旧,但仍在用药水
反复搓洗。小寒至大寒,那隐藏的石头
仿佛越洗越亮,而且尖叫,不时有回声
高于战栗,呐喊,呼救,或者祈祷

如果在夜晚,寂静的石头深处,遇到
一个神不守舍的人,一定是他,在练习
如何与身体里的石头
隐藏的另一个自己,和解

刘忠华 男,湖南道县人。著有诗集《时间的光芒》《对一条河流的仰望》。

乐家茂 男，湖南宁远人。

晃荡

中年之后，一切都慢了下来
像一条河流，进入平原，把腹部放在
日渐淤塞的河床

我以为这身体里，再没有什么了
像花朵退去之后，院子里
终于安静下来的，那棵玉兰

可是，今天早晨
当我在 8 路公交车站等车，隐约感觉
有位美丽的女孩，从我身旁走过

我不禁瞟了一眼，并惊奇地发现
我眼波转动的速度，居然
仍是一朵玉兰花开的速度

需要一场突如其来的雪

本该赤着脚,让沙蟹和贝壳
钻过趾缝,在南半球温润的椰林里
寒潮把计划都打乱了

但可以笃定的是,有些不会改变
像笃定雪后,天一定会晴
笃定无论夜多深沉
清晨依旧如期而至一样

我需要这场寒潮
需要在雪中踩出方向
需要开门时,在一成不变里看见陌生
需要,模糊的空白之下能更清晰辨认

所有的事物
都要经过转折才能抵达终点
我想要的
将和寒潮一起,扑面而来

乐虹 女,湖南永州人。大学教授。

李文勇 男，湖南永州人。

月光

有时候，他喜欢坐进夜晚的黑里
不开灯，不开电脑，不开手机
窗户必须拉开

因为太远，北运河的流水他听不见
风在楼下走来走去，始终找不到电梯口
以前的时间，掉落的叶子回不到树上

月光最终会摸进他的房间
她摸着他的脸，感慨他正在衰老的身体
克制的叹息像月光般凉

五十三匹马

"没有一匹马是空虚的"
比如，第一匹体内长满了沙子
马像故乡春风一样跑出十几里
代替我跑遍了每一条田埂小路
在体内，沙子飘扬均匀而暖和
那时候的后山还很热闹
比如第二匹马，体内下着大雪
在颠簸的北风中慢慢进入梦乡
雪花覆盖了大大小小的沟壑
雪渗透而出，渲染马的鬃毛
使之雄厚而温和，热气托起骑手
第三匹马复活于夜晚。那时候
月光在马的体内已照耀了多年
那里的树全是松柏之属
那里的草全是茅草之丛
我捧起这匹马微凉的四蹄
……我想齐集这五十三匹马的身体
排列出世间未曾出现过的悲伤
到这些马因为聚集而出现裂缝
"请将马群还给行将消散的诗人"

盘子 男，原名盘国富，湖南永州人。

青箬 女，湖南永州人。

喜鹊

其中有一只喜鹊身形尤大
它飞出灌木，用匀速展示
黑白形成的弧形
长尾张开，双翅鼓动
越过湖水飞向东面
停栖在门口的悬铃木或玉兰树
它们结满果实，充满坠落的担忧
雨露也在增添危机
只有喜鹊带来新的寓意
和新的抉择。旧去的一天
扩散到傍晚的薄光里
就要失去形状

重生

蜻蜓来过
点水而去

庭院幽静，月如钩
昨日置于右手，明日
置于左手，今日无处搁置
它经过身后的老宅
瓦片上的风霜，灶里的炉火
就像我经过的那些地铁，城镇
陌生和不陌生的面孔
葬着先人的青山，裹走
青春的河流……

辗转半生
仅这夜色四伏，我脱下
这具旧了的身子，尘归尘，土归土

曙光初上，另一个人
从庭院里走出

倩理 男，本名罗才政，湖南祁阳人。著有诗集《身在其中》《第三只眼看世界》等。

屈甘霖 男，湖南永州人。

倒影

真不忍心
把清冷的月亮独个儿
晾在外头

烟圈被嘴唇过滤
爬至头顶
就开出朵朵飘散的花
可是它们
离月亮依然
很远

我在四楼伸出的手指
触风冰凉
弹出的烟蒂
于一道美丽的弧线中
熄灭
那是火星闯进生命里的黑

蔷薇

这是爱你必有的锋芒,在爱你花瓣枯萎的时候
现在,大地的麦子收了,雨水充沛
你的身体,是这宋湖的湖水,在慢慢丰盈
也正是开在无声的时候

突然间我便想到了你在路过的人流之中
我想在七月,在流火的时候
在我的庭院,很小心地插一支,悉心浇灌
你必比玫瑰更妖娆

如你院中的孩子们,在阳光下跟着你蹒跚学步
被死去的色彩庇佑着,被幸福扶住
像宋湖湖面上的一声鸟鸣
我必会像一个婴儿,盲目地爱着你

现在,离七月还有足足半月
我知道这种等待是最慢的,并存在风险
但这是爱你必有的锋芒,爱你花瓣郁芬的时候
雨水慢慢落下

田人 男,湖南永州人。著有诗集《虚饰》《三十年后·大湾村》等。

无常 男，湖南永州人。

那只小鸟儿，爬上了岸

一只、两只、三只……
他枕在田埂上，一只，一只
数天上的鸟儿
他爬到树上，站在枝上
数头上，南飞的鸟儿
那只，爸爸；这只，妈妈
一群一群鸟儿，飞过去了
一只一只鸟儿，飞过去了
天黑了，他趴在桥墩上
把头埋得更低，直到潭水
现出一颗星，然后是第二颗，他数呀数
他把自己也数进去——
那只掉队的小鸟儿，那只小鸟儿……
那只小鸟儿，爬上了岸

鸟儿

小童独自一人
在溪畔唱，鸟儿从她的喉咙飞出
似乎只有水草能分辨哪些音符
出自一只鸟儿，哪些
出自她的哭腔
她停止抽泣
鸟儿落在溪畔树上
从地上往空中看
一只鸟巢摇晃着，它不知道今晚
鸟儿将栖于何处
似乎树叶成了它的羽毛
似乎一棵树成了小童的天空

无题

没有什么是孤独的,我看见
所有火的翅膀
用一半承受白日梦,另一半
烧焦自己的飞翔,天空
没有阳光,只剩下我昨天播种的
星星,也是灯笼或者
一滴泪水

感恩和赞美
只能借来枯瘦的春风
它那么容易沧桑
像喝一壶酒,只留下镜中多年以后的我

我不知道

城市,曙光升腾
小鸟从林间孕育,丝线般
鸣音
我不敢揣测,不敢与远方对峙
我不知道,哪里是
未来的真相

风,把自己搬运到明天
有蒲公英振翅,浮游
没有方向
蝴蝶露出死亡颜色
把一生
飞过的地方
咽回去

周丽玲 女,湖南东安人。

张樱子 女，湖南永州人。

在风中温柔

他说活着，要去做一株稗子
田野里最幸福的，那一株
一株稻子飞快地长
她胸前挂起的金黄在顾盼
在秋风中翘首

曾经，她那么不起眼，被坍塌的风浪压迫
她想快速长，希望稗子注视，尽管他是一株杂草

三个月，她还是那么矮小
但她的身体在变化，天空替换了颜色
后来，收割了，别的稻子回了家

而她却不想，她蜷缩起身子，不敢在风中舒展
那不匀称的心跳，她要
在孤独中温柔，给一株稗子看

HUNAN
DANGDAI
SHIGE
DILI

湖南
当代
诗歌
地理
————

怀化市 ◉

草场上

从我出现在这片草场,风就一直吹着
周围的景物在不断地变换
我间或也会侧侧身子,仿佛风吹草动
现在,如果你在就好了
我可以把你比喻成身边的一棵草
而我就是旁边的一棵
风从前面来或者后面来
尽管总是不经过我们的同意
但我们总可以借机拥抱一下

蓝色只代表蓝色

蓝色这种颜色,通常会让人想到大海
安静,辽阔,美丽又神秘
小学时美术老师
就告诉我们
需要给大海涂上蓝色的颜料

那天你长大了,坐在海边哭
你发现近处的海水
是浑浊而不安的
你发现
大海只代表大海
蓝色只代表蓝色

阿宝 男,本名王平,湖南怀化人。

柴棚 女，本名周玉梅，湖南怀化人。著有诗集《碎碎念》《叩拜雪峰山》。

恋上某个小镇

我的爱情落在某某小镇
从东门口的钟鼓楼到中正门的码头
从南正街的窨子屋到北正街的柴棚小居
从古嚼到今，从今吟到古

我的爱情有 1.5 平方公里
适合牵着一个人的手
沿着舞水河，与沅江汇流

我的爱情是一条青石小巷
咿咿呀呀
唱着辰河高腔，曲径通幽

我的爱情不大也不小
正好装得下一个人
就这样想着吧，念着吧
时而存在，时而不存在

我的爱情
是一轮穿着纯棉衬衫的月光
被时光漂洗，泛着陈年往事的白

我的爱情种植在城墙边的桂花树上
放肆地发芽，穿行在枝叶间
被风染成一枚一枚古典的玉

我的爱情今晚有点儿喝多了
整个黔阳古镇都在摇摇晃晃
夹杂着秋高气爽的味道

冷兵器时代

进步分为三步
是我们将粮食搬回来
粮食将老鼠搬回来
老鼠将蛇搬回来

未来只有一步
你冷眼旁观地球变成高耸的塔
刚刚换上一个新的风铃

范文胜　男，湖南沅陵人。著有诗集《渔歌》。

贺拥军 男，网名白浪，湖南溆浦人。

樱花蛙鸣

裙裾飞扬，樱花随乐曲起舞
我必须仰视
朝着天空微笑，乌云也被点亮

蛙鸣在湖畔，觅不见踪影
从一个成语突围
蛙一定看得见樱花，无边的天
而我看见油菜花铺满的村庄
叫来了春风，也叫来了阳光

其实不必叫我
我就在你们中间
四十三岁了
无香，一只粉蝶落了下来
抚慰一缕白发

秋日公寓

秋阳再一次温暖雨季的心
十月，在十三楼练习静坐
下面是一片楼的海洋
每一扇窗口，飘荡家的童话
女儿坐在窗前，埋头苦读
操一把镰刀，伸进书山
山之巅金黄的秋摇旗呐喊
如一泓湖水，我不忍发声
远处塔楼钟声每小时响一次
像一支神曲

两件事

从陌生的停滞开始,我在田间地头投下阴影
假装我们步调一致,假装我们血脉相承
假装成为遗失的一部分失而复得的人
对生活的耐心让我一直趋向愉悦
去读一百一十公里以外的山色
分享路过的飞鸟虫鱼

不急啊,一个人静静地走,口袋装得下繁星闪烁
足够弥补来不及进行的仪式
接纳阳光,冲破时间的僵局
还有一生去做两件事
双手合十,闭上眼,说出心里话
张开怀抱,在离开时,完成惜别和赠予

彭倩倩 女,湖南怀化人。

潘桂林 女，湖南麻阳人。大学教授。

枯藤

对面的白色侧墙爬满褐色线条
纹路里有海
贝壳，和沉默的桅
1990年夏天，蓝色是一尾鱼
舔了舔脚尖
就慢慢远去。像海岛的天
像那条水草
在身体里静静流动
我眨了眨眼睛，雨停了
那些线条无法留住雨
也无法留住雪，春风正赶着
一片惊蛰云疾行，我摸到
一截黑色的闪电
枯藤一样硬，枯藤一样静

遗失

在高原，遗失了一把木梳
一粒金属纽扣
从拉萨到羊湖，导游一直在说仓央嘉措
说少年身体里的嚎叫
喊住了河流
那时我的木梳还在，纽扣还在
摩挲过千百遍的名字还在
经过卡若拉冰川时，一只鹰
从我胸口飞出
越过雪线，不见了
可我看见了格桑梅朵看见
一只灰雀，停在白色石阶的尽头

裂瓷

钦丽群 女，湖南洪江人。

瓷缝裂下去的时候，在一朵牡丹处停止了撕裂
花儿无辜，并不知道所发生的灾难
兀自开放

那些裂纹精致，曲线出奇的优美
把它倒过来时呈现了女人侧躺的曲线
像一个睡熟了的人不知道缝口充满了危险
她在这种危险中做梦

梦见自己照镜，是完美的，只是更抽象
更像影中的幻觉
这幻觉使她片刻晕眩，以为她不在人世了

而瓷器依旧完整，能盛杂物。不能盛装河流
河流会死于一场遗漏

死于悄无声息的流失

裂缝处的牡丹兀自地开，横也红着
竖也红着
裂缝对它来说，像一场无关的情事，不撕裂花瓣
它都是，从容的

唐娟 女，湖南怀化人。

广告店转让

街头琐碎的长宽高，一眼就看穿了他
十六年的隐忍
喧闹的日子堆积起来
二十五平方米的老店，一年比一年小
道旁树伸出枝丫，遮去招牌的烟火气
旺铺转让
谁愿接下这苍凉尘世里的劳碌
拽住安全绳悬挂的天空
纵容地躺到向日葵上
面朝阳光

麻雀

城市的边缘,喧嚣之外
有一直醒着的蓬蒿
也有昏昏欲睡的麻雀

秋风和落叶之上
蓬蒿和一片森林之间
恰好安放它的理想

晨曦和暮霭处一大段留白
也恰好繁衍生存之道和低矮宿命

面对一棵孤孤单单即将枯萎的老树
麻雀有巨大的悲悯
天空残缺不全
一只孤雁莫名折了翅膀

被寂寞隔绝的村庄里
孤单老妇人抚摸着孙子断了的腿
与麻雀温馨对望

前几天,她的孙子
从城市的脚手架摔下来

唐星火 男,湖南靖州人。

唐英玮 男，笔名殷未，湖南怀化人。著有诗集《刀刃上的雪莲》《盲马》《疯舌》等。

博爱的目光

神投下博爱的目光
注视着躺在黄昏草地上
歇息的你

此刻大地的温顺
酷似一只可爱的羔羊
在你复杂的心里安然吃草

隔着厚厚的夕阳，你仍然触摸到了
快乐，直到最后一抹晚霞
被黑夜吞噬

这时的你就是一个幸福的牧羊人
目睹陌生而熟悉的家
回归经久的羊圈

休假之假

杂树，葛藤，巴茅，这些草莽
步步进攻，从偏僻的角落
到达中心。山月冰凉
找不到自己的影子
泥鳅，螺丝，水蛇，辟谷七年
一夜田畴涨大水
少小离家的铧
把多年的梦——翻了一遍

浮现

一勺茶把青山沉入水底
杯子主人把月色摇动又煮沸
满屋杂音渐渐冷
窗外鸣蝉一步步爬向我那把荒废多年的老鹤琴
一声一声敲向窗

肖评 男，湖南安江人，现居怀化。

肖准 男，湖南洞口人，现居怀化。

鱼骨

一根完整的鱼骨
在老屋门前的水坑里游弋
它在模仿门口的鹅梨树
把整个世界蜕去

入夜雨滴从瓦缝里偷溜进来
敲击神龛上闲置的木鱼
梨木做成的木鱼
是抽出鱼骨的活鱼

笃笃笃……
它在超度
死去的冰冷肉身
和抽去的不屈脊骨

中国南方葡萄沟

甜蜜的隐衷。吐着绿信子
伏身怀化中方县,流淌的郁葱
满坡满岭。一旦汇入生活的沟谷
藤蔓与阔叶,铺排的繁花
转身即为饱满的小悬念

请千万别小瞧这些带刺的藤蔓
乘人不备,各攒足心劲,打通任督二脉
把糖分,逼入狭小的锦囊

良辰吉时,让月色进来化妆
给花烛递出的喜悦,补上一层薄薄的白霜
待修道成精,也会如树一般,起身行走

感叹和赞美,开门见山
即是起心动念,达到一定的高度
允许你双手反背,仰头,张嘴
即可品鉴,人世间流质的美好

去拜会那株百年老藤吧
藤身缠绕的红布条,像经幡
频频接受风的唱喏,虔诚顶礼

——感谢菩萨,每年不忘托着小小的净瓶
酝酿蜜汁,浇灌众生,漫山遍野的悲喜

雄黄 男,湖南新晃人。著有诗集《岑庄》。

谢亭亭　女，湖南中方人。著有诗集《湘西，念念有词》。

后阳冲深处，一片石林

远远望去
雪峰山好高
云贵高原更高
回首间，湖南好矮
洞庭湖更矮
脚下后阳冲的深处
没有树木
只有高大石林
这些石头，站立成一片森林
像极了我的亲人
只要轻声呼唤乳名
我想在这春天，会不会
奔来一场陨石雨
其实，从低处屹立的灵魂
是不会化雨的
既然，他们从海底里站起来
站成山，站成神
盯着我们
就永远不会倒下去

我的家乡是一把刀

从第一位祖先开始就是铁匠
家乡被打成一把刀
大山的锤子,田地的砧子
烈日、风霜、雨雪都是炉火
在溪井里淬火
一代又一代地磨,现在削铁如泥
我爱她,却常常被她弄出血
这把刀,在城里不切菜
日日夜夜割我的心头肉和寂寞的长夜

杨汉立 男,湖南会同人。

杨仲原 男，湖南会同人。

群山志

风来，风去
有人在一片张扬的嫩叶里写下
四月暗藏风雪
没人发现
且桃花的唇微张
有云的白，天的青

而此时的我，刚入群山
想用身体里的孤独寻找一种流浪
一种石子、泥土相间的城堡

以至我要一块青石板虚构一场花事
然而在今夜梦的浅滩上
我一个人目睹日落月升
一个人安睡
无限接近下一场生死

王的三千年

小村被王下了禁令,农人消失了踪迹
火鸡婆喷着火,举着三千年的戒备
无意于对弈,我们
用最透明的仰望,化解空气中凌厉的影和光

远离人间的王,不拒绝烟火
只需要一个黄昏,粗壮的语言就会做成怀抱
高高的王,略去了在上之感
只需要一个瞬间,这瘦弱的枯藤,以及
老而未去的青苔,就会与三千年的纵深
默然相拥

我凝视着银杏王,凝视着藏在树叶间的叫喊
以及坠在枝条上的一个个悬念
这用苍凉支撑的天与地呵
看一眼就会老

易彪林 女,湖南会同人,现居怀化。

钟生钦 男，曾用名：湘西刀客、刀客，湖南辰溪人。

暗潮

风，终吹不过子夜
三两雨，打在大地上
落于干池
天亮，镶嵌晶片，镜子
证明鸟雀来过，云朵来过
草叶来过
花降下腰身
不管几钱、几两
它们的精魂
充盈了干池，它便是春水一池了

白色的

鸽子，鹅，啄毛
从腰部到翅膀
一根根羽毛，梳理
它们容不下一点儿污渍
它们让每根羽毛白得更像白
它们挤在笼子里
关着满笼子的白
它们不知死之将至
不停地揉搓
我确信
鸽子是爱美的，鹅是爱美的
天赐于爱美的它们
我闻到了清香
逃离的路上，夹岸槐树
风一吹，树就白了

HUNAN
DANGDAI
SHIGE
DILI

湖南
当代
诗歌
地理

娄底市 ◉

雨夜

醒来时，窗外就一棵杨树在洗浴
在整理妆容。雨滴，闪耀星星一样的光芒
再醒来时，有人在远处唤我小名
我没有回应
雨中，几只鸟儿飞往了天空
雨声中，我听到有一个女人一直在哭喊
其他的，都是她的孩子，都在沉默

刺客 男，本名吴志松，湖南娄底人。著有诗集《分行的随笔》《爱是沉重的沦陷》。

陈友军 男,笔名夜雪,湖南娄底人。

在异乡

凌晨,星光消逝了
月色在窗外成雾
砍蔗人陆陆续续走向蔗林
蔗糖的甜是一天向往的开始

爱每天如期铺开
南国的红豆,擎天的木棉
都是空旷中的最美
使人愿意失身于此,并满足

晨风吹来
一些虚无的向往
将我的影子剪碎在灯火里
遇见异乡的陌生人,是我每天工作的开始

远方一如既往地送来消息
可我偶尔还是会信任一枚小小的邮票
最能向身在异乡的你,捎去南国的温暖
且,乐此不疲

温暖

这温暖,我怕一转身就要流失
我要坐久一点,要虔诚一点
给茶杯至少添五次水,摊开一本书
我要把同样温暖的文字,记下来

相信你也坐在冬阳里,全身暖暖的
多么慵懒而自私
一只鸟贴近窗,喊你开门

温暖之下,我发现所有的想象
皆有道理,也皆有来源

拟人句

灯在思考如何再亮一些
月光的嘴巴和牙齿,在咀嚼和吞吐夜的残余
微风唱了一声:伊人呀

你出现了。站在灯里
影子是你的你,一袭长发飘成拟人句
月光扬起一弯淡眉
像极你
整个世界都在弥漫你的芬芳

灯更加精神起来
月光笑的时候,真的和你一样

龚志华 男,湖南安化人,现居娄底。

胡志英 女，笔名小狐、英子等，湖南娄底人。媒体记者。

一切都在记忆里留存或消失

我坐在冬日的田埂上，是黄昏了
寂静从树木和田地升起，慢慢
凝聚在眼皮上。我全心回忆
无形的甜蜜，无声的悠远
无语的深沉，感到爱情的永恒
我回忆我们在一起度过的所有时光
亲爱的，你走在纷乱的大街上
饭后你点燃一支烟，你坐在桌旁看书
你躺在床上望着天花板哼去年的流行歌曲
我们相互唤着小名，喝一杯浓茶
此时鸟声已消融在水里，四周平和
雪花在沉静的心灵里飞舞，你如期走来
一切都在记忆里留存或消失，流水长长
我们并肩回家去，星星像灯一样亮了

寂静之地

我用一把孤独
擦净生锈的呼吸
犹如凛冽而赤裸的夜晚
你用星光，赎回自己的灵魂

一朵云与另一朵云
一朵萤火与另一朵萤火
在背道而驰
在远离旷野的寂静

真实的梦境将夜色攥紧
细小的草茎牵着星星
我拔掉最醒目的那根白发
渴望你，再次谜一样出现

倘若有一只鸟飞过我的头顶
一潭溪水照出你的波澜不惊
倘若有微风，那就更好
可以刻录这一夜笙歌

干净的灵魂，总能识别
尘世的虚荣与图谋
在肉身的盲目狂喜中
除了保持缄默，我无计可施

海叶 男，湖南邵东人，现居娄底。著有作品集《叙说或场景》《说出你的形单影只》等。

龙红年　男，湖南涟源人。著有诗集《暮色里的向日葵》等。

冬日的下午

突然放晴。停电的剧场终于恢复供电
悲伤的人猛地停止了
哭泣

窗帘是一块硕大的金子
向东的房间，是金库

事情总在绝望处呈现转机
而阴郁的日子实在太久
鸟雀们，很久没有了音讯

现在好了
院子里的樟木、水杉、铁树都点亮了
窗前的玉兰重获信心
远处的墓地和不远处的烂尾楼
都活过来了

亲爱的白鹭，我一定要来见你
人世间的片刻欢愉
我再不能错过

醒来

金属的光，落在海绵上
它的声音被时间切断
这是边界，是分水岭，缎面
在弱水里延绵起伏
那些席卷而去的
都一一在灯盏里熄灭
当我醒来，六点一十的时针
从虚无指向真实，从
高处的花瓣指向低处的泥土
从我的来，指向我的去
沉默到开口，我还有一小段
自由可供自己消遣
像一小片，我
曾深陷过的阴影

河水

它对应的是，比它更空阔的生命
在一场默契的汇聚里
所有的花朵都开在激流上
它拒绝铁锈和垂直的暴力
众生留给它倒影。它在匍匐的
低处概括着世人的一生
那些爱过它的人，早已不在人世
那些恨过它的人，也曾
从抽刀斩断它的流淌
它浇灌的草木，依然披挂着
昨夜的星辰……我听见体内的河水
有高处的喧响，更有低处的沉寂

柳含烟 女，本名刘晓燕，湖南双峰人。

廖志理 男,湖南娄底人。著有诗集《文艺湘军百家文库·诗歌方阵·廖志理卷》《曙光的微尘》等。

见维山

竹子以空心摇出虚无
柿子以灯笼摆作喜宴

雨水未来
清风已至

我两手空空
低眉,敛手

只以一片构树的叶子
论一论此世的,枯与黄……

瀑布口

天空已经收窄
众生仍在奔逃
耳边飞溅出,冒死的呼叫

不要惊慌
那仅仅只是,已在归途的我
紧了紧怀中的巨石

凌晨记

蔷薇在绿色帘子后
显出更黑的暗影，嵌入窗口的露珠
仿佛要从玻璃中挣脱出来
下意识地瞟了一眼挂钟
墙壁以轻微的震颤回应我
时针正指向凌晨五点

起床，在几只金鱼身上练习赞美
怀揣一颗低垂的心
给一株鹤望兰浇水

画笔下，枝条一点点变硬
暮冬里又多了几枚残果
一个中年人的沉默越来越深

——想起多年前的凌晨
给恋人写信，想一会，写一句
早晨形成，惆怅而香醇

李小今 女，本名李坚，湖南娄底人。

李一红 男，湖南冷水江人。著有诗集《一片红叶》等。

渠江源

这条河流有着优美的弧线
划过山的神经
疼痛不是高山的范畴

能够被河流带走的
都是没有根的事物
石头例外，河流知道轻与重的差别

尘埃，落叶，残花，落入渠江源
也会变成一股清流
留恋深潭的，走不出自己的圈子

河边光秃秃的树
只是因为轮回
季节不会遗忘

每一片离开的叶子
不是因为河流的勾引
只是因为不再青涩

能洗涤心灵的是幽静的山谷
一泓清泉的背后
沉淀了许多黎明前的黑暗

荒漠掠影

茫茫荒漠。人忽然变得渺小
其实人的心就巴掌大
它能装下的远方
远不过沙漠的荒芜

所有的沙子
都在假睡。只有两行脚印
在苦苦思索
一半为记忆
一半为前程

帐篷不会飞翔
但它能在沙漠里行走
并告诉你,每一个
立足之地,都是起点

罗睿 男,湖南新化人。

王蕾 女，湖南双峰人。

苹果树

一颗苹果在夜间掉落
扑通。草地上滚动着圆形的灵魄
张开唇齿，暴露玉石般的鲜艳

我们是对方的果实
当地面和星空一起滚动
光线咬破云层
乳白的雾气钻入皮肤以及夜的深处

摘下时钟，摘下口罩
摘下万物被裁剪过的衣袍
你注视着我，如同夜晚的群山
而我回望你
像旷野里的一棵苹果树

这些雪

雪粒多么悲伤
搭载你
落在芦苇叶上
芦苇叶多么悲伤
这疲累的植物
雪中的坚持者
值得怜悯
你知道迟早得有一场大雪来临
会有一只麻雀
在雪地留下空空的爪印
早晨，牛奶在火焰上翻滚
会有一个人，走出阳台
将白雪褥子轻轻卷起

萤火虫

无数年后
我还会想起
一个浮在水面的
粼粼的夜晚
只有我和他
天空和旷野
我的心
我的心是黑暗里
漏下的星光
被一只萤火虫
提在草尖上

湘小妃 女，湖南娄底人。

小布 女，湖南娄底人。

信

春风
将阳光投寄给万物，而此时

小野花还没有开满坟头
你，还在沉睡

——是我来得太早，我来
无非是想看看花朵如何苏醒

无非是，再一次相信
你真的来过人间

回不去了

我们想打开园子，再去耕耘一次
土地依旧在，阳光也在，雨水同样充足
你却打马，狂奔
鞭子落在岁月腰身，不成钢的骨头
被抽瘦了，留下哀伤、怨恨
和纵横交错的痕迹

这都不重要
重要的是一朵花想开
春天突然消逝不见
近似我们中间易于消失的平和
我失去了耐心，变得易愤怒，慌张与不安

我们回不去了，我们回不回去
都带着绝望
守在园子的门外

夏雪　女，湖南涟源人。

阳红光 男，湖南涟源人。著有诗集《红光短诗选》。

晒天阳

深冬的一个正午
一位满头白发的老人
坐在太师椅上晒天阳
金黄的阳光
铺满他全身
想把他装饰成
一个小小的天阳

万物信以为真
花草树木难以察觉地
向他偏过去
庄稼、田野和山峦
则难以察觉地
向他围过去

HUNAN
DANGDAI
SHIGE
DILI

湖南
当代
诗歌
地理
————

湘西自治州 ◉

爱情

我们在路上相遇
阳光正好
我们走过黄昏
忘了脚跟生痛
忘了经验和酒
我们被黄昏赶走
草帽掉了
因为低头看鱼

你脱掉高跟鞋
温习小时候的蹦跳
从此，我相信
你微笑了，世界才美

我们还在赶路
只有路灯还留在原地
路都有目的地
我带你回家

影子

我沉浸在我大脑构想出的舞台上
这里没有观众和评委
只有无边的白茅草和云
我在这里唱歌、跳舞、演戏
忽然想起影子还在外面
就让它留在外面吧
不然谁来叫醒我

包夏亮 男，湖南古丈人。

胡建文

男，湖南新化人，现居湘西。著有诗集《天空高远，生命苍茫》。

风，冷冷地吹着

大面积的阳光，迅速退出
本不属于阳光的舞台
一些树木开始裸奔
不知看热闹的麻雀，叽叽喳喳在说些什么

其实，与阳光一起消失的
还有树的影子，和与影子有关的一切
隔着一块透明的玻璃
风，冷冷地吹着今天也吹着昨天

黑暗覆盖了夜

黑暗覆盖了夜
夜，覆盖了这座千年古城

谁认识我
我认识谁
一些斑驳的门
锁着历史，空无一人

一些人
沿着古老的巷道
行色匆匆
回到现代的家

面对一条滔滔大河
有一种感觉
狼一样袭击了我
在某一个不经意的瞬间……

稻草

秧，老了，就成了稻草
稻草搓成绳子，可以系住一些本已散去的事物

草绳弯在门口，女人惊出了一身冷汗
以为是蛇

那晚，月光极好，草绳在老槐上，突然有了生命
蛇一样，绞住了秦寡妇的脖子

毒蛇赋

做减法，减掉欲望，减掉朋友
减掉翅膀，减掉四肢，最后成了蛇
少量的毒，是我最后的敌意

钻进帐篷，破坏了古老的秩序
惊叫带有尖牙，鸡尾酒洒在地毯上
他们将我赶回风雪

你把我抱进怀里，取下围巾
围住了脖子，就围住了我的七寸

怀疑你的前世，是个农夫
我们的今生是个寓言
不该吻你的，不该吻得那么深、那么动情
寓言和童话的区别，就在结尾处

忘记你的过程，像在蜕皮

刘年 男，本名刘代福，湘西永顺人。著有诗集《为何生命苍凉如水》《行吟者》等。

李田田 女，笔名小辫子，湖南永顺人。小学教师。

哑孩子

孩子8岁还不能说话
她在乌云里寻找雷霆
有一天，她在我手心写下她的名字
全世界都该变成了哑巴

记得那年在梨树下哭泣
我们用雪花织成翅膀
春天一到，我就失去舌头
学小草点头，学鲤鱼跳舞

孤独的寨子

自从许多人搬离寨子
春天就变得空大
漫山野花没有人看
小鸭子的水塘安安静静
一只野白鹤休息
扛柴的爷爷也不会在意
通往山上的泥路上
只有牛草横行霸道
那些吊脚楼，很多不冒烟
只剩下骨头

夏暮徐徐罩下来

大片大片被烧红的云块
渐渐变黑，脱落

顶着西天火海的牛眼睛坡
被慢慢地按进泥土

在一声应着一声的鸟鸣中
夜色抖落地上

山顶上一个托腮的老人
静静地辨识，夜风
与时光的脚步声

龙秀银 男，笔名龙老爷、龙之龙，湖南花垣人。

彭武定　男，湖南湘西人。

雨

说话的人，藏于时间之外
满湖的荷叶，比生命中的绿色
沉重一些，陆陆续续，降落的声音

在荷叶上，抚摸抑或吸吮一些让人兴奋
或激动的元素，有风
自远方的唐朝

姗姗而至，与你的脚步声
一样，与一湖的蛙鸣
以及宋朝里，所有发生的词

一样，我开始，怀疑自己的眼睛
有些模糊，有些迷蒙
甚至于有些，看不清方寸之间的

世界，而你，依旧不管不顾
我行我素，透过你铺展的帘子
看见，牵着农活的人们，脸上长满笑意

覆盖

一笔涂错的色彩
引来另一场覆盖
另一种错觉,另一种与错相对的
错

杂乱的笔触,你说
是艺术的象征
我把所有的色彩用蓝色覆盖
世界就变成了海洋

我把所有的色彩用黑色覆盖
你说,我画出了你
另一种错觉,是与错相对的另一种
错

我把画丢入水中
白的,黄的,蓝的
最终如烟
被漆黑的夜覆盖

石慧琳 女,笔名蓝冰琳,湖南泸溪人。著有诗集《掌心朝上》。

野蔷薇 女,湖南湘西人。著有诗集《蔷薇花开》。

三月

已经突出了重围。现在多么惬意
我们坐在草尖,接住隔夜的星辰和雨水

小南风吹向远方,又从远方返回
春天在流动。有什么匍匐而来,根须一样轻

泥土翻转。那么多绿色的火焰
在燃烧、蔓延。死亡与重生,循环不止

周身的血液在涌动
每一根细节传来千军万马的奔腾

这浩浩荡荡的春色里
一枝桃花,缓缓地打开

她的身体
盛着完整的三月

在风中发抖

"实践证明,只有和所有美丽擦肩而过
才是战胜黑暗的唯一武器"

恐惧,吹过田野的时候
一粒风,这样对冬天冻得瑟瑟发抖的木房子说
"只有存在
才是保护好头颅和思想的最好办法"

风声很大
但除了芦苇
没有人
听风说话

泥土,从地里探出头来
看见空壳里,住着空无一人的村庄
冰冷的核心
不断被一件事物
又一件事物
还在抛弃

没多久
只能剩下
一口气了

这口气
被哽咽的白色气体
一束束冻住
没有尽头和来生

仲彦 男,湖南永顺人。著有诗集十部。

思维，跟着空壳的村庄奔跑
跟着尖利，和风
在风中奔跑
跟着黑暗奔跑

没有炊烟和屋顶
远离明天的道路
天，睡了下去
季节还睡在冰冷的冬天之中
看着村庄
挣扎的墓志铭
一粒粒
在明天发抖

编后语

　　2018年4月的一天，我和诗人海上分别于长沙和广州出发，应邀去成都参加讨论筹备"中国诗歌的脸"四川诗人展览会的活动事宜。在成都的几天时间，我们分别受到该城及周边城区诗友们的热情款待，见到了许多老朋友，比如《四川诗歌》杂志的李永才、金指尖，《非非》诗刊的孟原，《星星》诗刊的黎阳，《存在》诗刊的陶春，《诗领地》的其然等。特别是我的同乡陶春，特意从内江赶来成都，多次与我们一起品茶喝酒。那天，我们相约于宽窄巷子，他带来了两本非常精致的书籍《四川诗歌地理》，我知道有好几个省都出了这类型的诗歌选本，有的省也在编辑中。当得知湖南还没出时，陶春对我们说："如如，你们可以编这本书嚷，这个事情值得去做。"可是经费怎么来呢？这种书都是公开发行的，费用不是小数目。海上老师对我说："回去后你把这件事和湖南省诗歌学会及你们编委说一下，争取学会出钱，由你主编，由湖南省诗歌学会和《湖南诗歌》杂志合作选编这本书。"

　　回到长沙后，我马上把这个提议告诉了《湖南诗歌》杂志编委欧阳白、吴昕孺及湖南省诗歌学会时任会长梁尔源、执行会长罗鹿鸣，得到他们的一致赞同和支持，并于2018年6月28日在长沙北辰三角洲专门开了一次会议，会议确定了编委成员、费用来源、书名、选稿作者的条件以及如何收稿审稿等事宜。考虑到编辑这本书的工作量比较大，会议决定用两年时间来筹备出版这本书。根据会议决定，我们当场拟好了征稿启事。随后罗鹿鸣会长提供了由各地市级诗歌学会会长为主的组稿人名单，我随即建立了编委微信群和组稿人微信群，《湖南当代诗歌地理》的编辑出版工作算正式开始。

随着《湖南当代诗歌地理》征稿启事在《湖南诗歌》公众平台上发布，各位组稿老师积极配合宣传，一时在各大文学微信群及朋友圈广为转发，稿件也陆陆续续来到我手上。可以说，最初的来稿是比较乱的，有的诗人不是湖南人，也投来了稿件；有的理解有误，所投稿件是写地域的诗歌；有的并没有投来具有代表性的作品。我将这些问题通通标记下来，请各组稿老师核实并与作者联系补齐资料或重新提供作品。结果重新提供的作品中，大部分就很棒了。这一期间，我们的组稿老师也很辛苦，他（她）们总是不厌其烦地让我麻烦他（她）们与作者联系，有时我们为了某一个作者要反复联系好几次，直到问题解决为止。

截稿时间已到，所有组稿老师的稿件全部到齐后，我发现投稿数量并不多，能选用的稿件更少。我在组稿老师群公布了第一稿初选名单，结果这份名单不慎从某个组稿老师的博客传播了出去。原本在外省的本土诗人对不在入选范围的规定意见就很大，现在有些不在名单的投稿作者和不知道此书征稿消息的作者分别向我和部分组稿老师发出质问，提出意见，我感觉压力很大。此时，欧阳白对我说："做这件事情肯定会有小遗憾，但不做这件事是一个大遗憾，我们不能因为小遗憾而放弃做会让我们大遗憾的事情。投稿截止，可以补稿了。"

为了尽量把能够入选的作者都收录进来，不漏掉任何一个我所知道的可以入选的诗人，凭着自己做了十年诗刊主编的资源，我开始翻阅之前的诗刊资料，并向其他编委（包括其他诗刊的主编）和熟悉湖南诗坛情况的诗人求助推荐，可以说，本书约有一半的作者是在补稿阶段确定的。比如长沙市，投稿不足 20 人，最终入选的有 63 人。终于，在 2019 年年底这一预定的完稿时间内，一部比较完整的《湖南当代诗歌地理》初稿完成，我将所有文档资料一一发给各位编委讨论定稿。

正当我与编委欧阳白准备讨论确定设计、排版出书时，被告知原预定的经费无望了。我当时都蒙了。我们编委、组稿人等一大群人付出了那么多的时间精力，难道就白费了吗？更着急的是，接二连三地有作者和组稿老师询问出书的时间。我该怎么回答？难道实话实说，是因为经费问题，我们所有的努力都是瞎忙，这样让作者和我们一起失望吗？此时，我只想给组稿老师一个交代，给作者一个交代。我书面向某个领导求助，陈述了编辑《湖南当代诗歌地理》的经过及其重要意义，但得到的结果是"爱莫能助"。

眼看两年的出书时间已经过了，经费还是没有着落。我向欧阳白说，大不了我拿钱出本内刊。他很支持我，还拿出了《诗屋》年选备用的最后一个书号。我将《湖南当代诗歌地理》书稿交给一家文化公司设计出书。同时，欧阳白为该书写的序《诗在湖湘》通过网络，在诗歌圈内已广泛流传。此序充分肯定了该书的出版意义以及收录作品的创作水平，在省内外的读者中反响很大，那段时间，用"炸锅"来形容毫不为过。

2021年4月7日，事情总算出现了转机。当湖南省诗歌学会时任执行会长罗鹿鸣和潇湘悦读文化研究会会长张立云获知该书的出版遇到困难时，两人合计，决定由两家协会共同出资，支持该书交由北方文艺出版社公开出版。于是，书稿转到由张立云担纲负责的云上雅集出版机构，重新设计排版，直到这本书圆满呈现在我们面前。

在此，我要对《湖南当代诗歌地理》的作者们说：祝贺你们！

对各位付出时间和精力的编委和组稿老师们说：谢谢你们！

对一直鼓励我坚持做好编辑、审稿工作的海上、罗鹿鸣、欧阳白、吴昕孺、梦天岚、张立云、李虹辉、平溪慧子等老师、领导和朋友表示衷心的感谢！

邓如如
2021年6月18日